U0152873

青春彼條街

自序：書寫的隱語與真實

在時空交錯的流轉裡，一次不期然的巧遇，讓我撞見了一條奔騰不復返的河流偷偷回頭。

一個書寫的人，面對這條河流的任性，他可以有什麼不同的理解與想像嗎？

書寫是什麼，我常常想。

在浩瀚無垠的時空流轉裡，一次次流星般的相遇，讓我驚心，更教我警醒。我該用什麼方式記錄這些相遇？他們是如此自足而任性。

但，為什麼得是我撞見了這些相遇？已經過世的人對我微笑，沉入河底的石碑不小心衝向我的腳踝，斷裂的飲食傳統竄進我的味蕾。這些飄散至宇宙四方的碎裂星星，早已脫離軌道不知幾多世紀，我卻巧遇，甚至目睹著他們的死亡與新生。我很重要吧？不然，為什麼只有我能撞見？

書寫捕捉了這些相遇。

書寫，從我出發，四處逡巡。上下四方，古往今來，想像真實，浩瀚無垠。

有時我得收起我的腳底，將自己隱身為河床一部分，好讓古老石碑成為主角，我願是說書人；有時，怕不小心碾碎的是自己，與其描摹一條河流的任性，不如讓自己寫就一首詩。

二〇一九年甫始，父親住進醫院，醫生遞給我一張病危通知書，凝視無法言語的父親，我無法聽他親口訴說此刻的痛苦。二〇一九年二月，父親康復出院。回到自己的家，我的擔憂與孤獨依然盈擾著夢境與真實，夢醒時，我分不清痛苦何時，憂愁何時。

唯孩提時父親牽著我走過的新店溪頻頻回首。

二〇一九年，我開始積極書寫記憶土地的山川、河流、街道與相遇的人們。有幸在二〇一九年九月榮獲國家文藝基金會文學創作類補助，我得以專心寫作，有時回到自己童年與青年時期的土地，經歷一次次洄游與出發，有時沿著時間長廊，在古道與街鄉間，聆聽歷史記憶留與現世與我的對話。

小時候住在臨河不遠的公寓四樓。河邊的風景，是知識啟蒙的開始，天空飛翔的鴿，是我對世界的想像。

現在想想兒時的啟蒙者，想到的不是那些教我寫字的老師，而是一隻隻新店溪裡的溪哥、彈塗魚和單腳臨水的暗光鳥。有時喜歡一個人躲到五樓加蓋的鐵皮屋裡，白天看賽鴿，夜晚看星星，成了收藏想像的儀式。那時四周就屬我們家最高，一覽無遺的視野和夜空發光的星圖成為享受孤獨的開始。

我迷戀著宇宙混沌生成的想像，想像這些發光體億萬光年前的模樣，一顆顆的恆星自體發光，從初生到死亡，在我孤獨的啟蒙裡，展現宇宙的時空，承載著知識與詩意的星圖，引逗著我放下孤獨的眼淚，學習著開啟探險，探險著世界的神祕。

這些美麗的時空相遇，迷人的星夜，寧靜而規律的循著天體的軌道運轉四季。

而同時在四樓的家裡，一齣齣家庭的悲歡故事正在上演。我的內心，默默構築著屬於自己的樂園世界，完足而任性。

從文具店買回一張星座圖，握在手中比對天空。星座因為有了名字，它們的前世今生都連成一個個故事，獵戶座、夏日大三角、英仙座，我呼喚這些古老的名字。我的眼淚看到的宇宙似乎有了不一樣的連結，宇宙之神也有愛恨也有輸贏，我研讀著星圖背後的知識，在四樓糾結的愛恨暫時被我偷偷的放在時間彼端。

一條河、一些人和神秘的知識，在我的歲月閃閃發光。我書寫他們，樂園於焉成形。

青春彼條街，他們回到我的河邊，成了時間的使者，成了比鄰而居的村民。童年的街道、新店溪和一張張星圖模樣的知識一直伴隨著我。我整理人生的地圖，發現他們一直默默牽引著我，讓我巡遊著時間殿堂。當我坐在書桌前振筆疾書，他們閃閃發光；當我旅行各地放逐自我，他們閃閃發光；當我發現死亡的魅影在林蔭處微笑，他們，在青春彼條街上依然閃閃發光。

我來到河邊，河水不再，河水依舊。時間的使者，依約而來。帶來青春最初的啟蒙與想像，探險與樂園。

輯一名為「探險」，擁有的是對未知的試探，或失落，或迷途，探險的迷人，不也在此嗎？輯二名為「啟蒙」，寫的便是一個個啟蒙生命的日晷，他們依約出現在時間某處，與我相遇，有時是遭人遺忘的日式古蹟，有時是名為「父親」的使者角色，他們在運行如常的四季游走著，在生命的日晷間為我進行著時間的故事。輯三名為「想像」，那些知識星圖耀眼的發光體，各自在時間軌道上閃亮存在，我有幸與它們相遇，在自己的星圖上增添智慧的光芒。輯四名為「樂園」，我回到兒時的河流與街道，那些曾經習以為常的風景，都在今日一一呼喚著我，我寫下它們，記憶著它們為我擺下的永恆宴席。

專心文字創作，踏查生命鄉土。以創作盤點生命，不僅發現記憶裡的幽光，更能發掘更多創作的靈思，開闢另一片生命沃土。這本《青春彼條街》的完成，書寫藍圖更明確清晰，得以連結「臺灣山城海」系列書寫，以不同面向呈現這片土地人情賜與我的繆思。《青春彼條街》的地景旅讀是生命旅讀，隱然可見，卻又不是按圖索驥。地景有地圖之用，也有意象之思，《青春彼條街》倒是後者居多。

這本《青春彼條街》是「臺灣山城海」系列書寫的詩性創作，是一種與河流談心的方式，每一個創作的發想，都來自時間使者的殷切召喚。寫作青春彼條街，美麗的人間風景。

發光的星圖，盈握筆尖。

目次

輯一、探險

1／初日　16
2／銀雪紛飛的夜　30
3／懸宕之心　36
4／山徑日記　42
5／綴織古道的雙人舞　58

輯二、啟蒙

1／發光的房間 68
2／有味的街，記憶的舊城南 82
3／靠山吃山，靠海吃海 90
4／一張燈謎、一本文選與一把剪刀 98

輯三、想像

1／河邊的風景 112
2／南萬華某家 126
3／凝視河水 138

╲4 水路 144
╲5 青春彼條街 158

輯四、樂園

╲1 時間的使者 174
╲2 華麗的饗宴 188
╲3 第四個願望 202
╲4 福壽菊的願想 212

輯一、探險

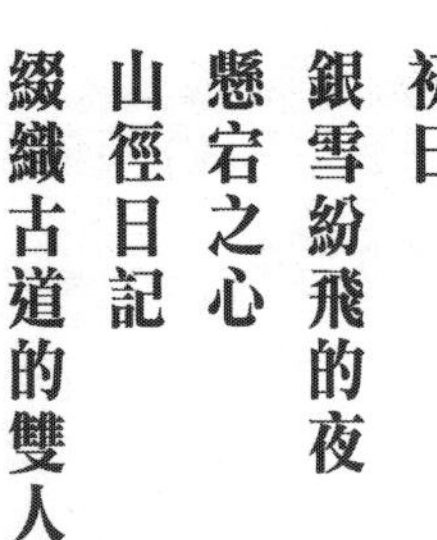

初日
銀雪紛飛的夜
懸宕之心
山徑日記
綴織古道的雙人舞

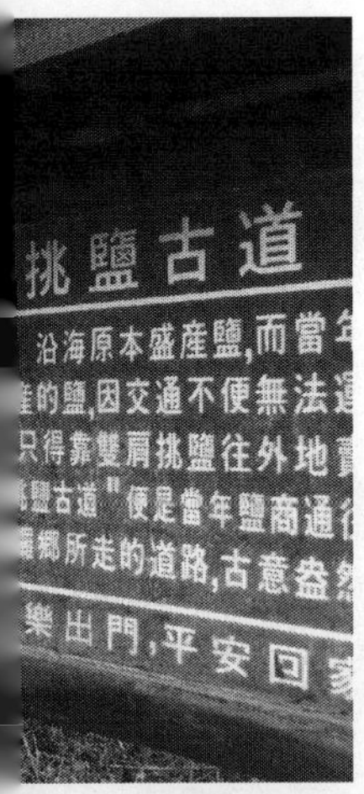

挑夫
古道

1 初日

我的野蠻，也一格格無聲的向後退去。

前方不遠處，水聲劃破我的夢境。

一滴滴，一滴一滴，它們規律製造著聲響，在風雨過後的清晨響起了單調無意識的撞擊，空洞、空洞、空洞。我起身坐在床沿，靠近街角的窗櫺還有昨夜風雨未退的水漬，不甚清楚地照映著東方初露的熹微。看似什麼都沒有意識的清晨，鳥聲已經轉醒，水聲已經清楚傳遞著各自的初始與結束，有些自葉尖，有些沿著屋檐滴滴滴滴的匯融彼此，溜著溜著就全力失速而下。然後向地心墜落。

一個聲音又接續發生。

然後是撞擊溢滿水流的溝渠吧？是不是有些也滑進了水窪子，有些則在半空中隨風四散了呢？或遠或近的聲音在我看不見的空氣間四處響起，家人還在睡，各自的夢境在空氣中飄著或大或小的泡泡，和我清醒的此刻形成兩個世界，我的世界此刻是沒有意識般的流動，鳥聲、水聲和空氣無名的流動。

我在其間，來到風雨過後的初日。

一個最初與世界接觸的模樣。

那是什麼模樣呢?那是母親為我準備的第一套幼稚園制服，右胸前用安全別針別上的一條紗布手帕，母親年輕的臉龐已經模糊，U型嘴角的完美弧線依然清晰，家門前面是一處水圳，幼稚園的黃色交通車已經停在巷子不遠處。我向母親揮揮手，陌生的老師牽起我的手，默默領我向前方走去。我上了車，因為是最遠的孩子，所以我被帶到交通車的最後一排靠窗處。車子開了，母親的身影愈離愈遠，前排的座位都是空的，約莫共五六排吧，每一排陌生的氛圍其實與空間的味道非常協調。我一個人愈來愈害怕，彷彿走進一處鑿了山洞，卻不見人跡的原始部落，不確定的感覺，成為記憶裡最鮮明的時光。

這是第一次一個人坐這麼長途的車子，空氣中有種人工的機械皮革味，那是黃色塑膠椅墊混雜鐵鏽腳架和汽車柴油的味道，我是第一個上車的學生，從此聞了兩年的味道，彷彿開啓了負笈離家的滋味，不再是倚靠在母親身邊嗅聞著玉蘭花般的甜香，那是第一個走進文明的味道，至今還能清楚辨識它的質地。那是因為人工的堅定性嗎？還是一個人面對孤獨，與車窗外的風景緊緊依存的頑固記憶呢？這深深刻印在我嗅覺的年輪羅盤上，每當我走進一處空間，不期然聞到如此相同的氣息，這輛鮮黃校車的鮮黃座椅總會開了進來，與孤獨一起迎我上車。

僅僅是人工皮革加上機械鐵鏽的組合，是那第一次隻身離家，在陌生的車廂裡看著陌生的街巷如跑馬燈旋轉，穿梭的光影像一幕幕的幻燈照相機玩具，一格格立體的風景為我開啓真實文明的第一頁。

我的野蠻，也一格格無聲的向後退去。

兩年後母親決定在我的幼稚園附近找房子，我不再搭一個鐘頭的校車顛顛仆仆的讀書了。一大早，我自己穿上圍兜兜，圍兜兜上有自己扣上的手帕，母親上班前先陪我走去學校，將我交給了老師，再搭上自己的交通車上班。我循規蹈矩的繼續成為一個幼稚園大班的學生，拿筆寫字漸漸跟上了速度，隔壁男同學教我的怪招讓我能輕易克服作業的壓力，我開始喜歡上他。

灰藍窗簾已透露些微光，在桌前漸漸寫出了陰亮的腳印，順便將我昨夜讀了一半的書扉遮去了一角，然後又慢慢讀了其中一排，完全不按照我昨天讀的邏輯。昨夜的思維邏輯還停留在文明的歷史與變遷，一個循著人類大歷史瞻望未來的憂慮史。此刻該是清晨了，安靜中有些莫名的躁動，說不出來的原始氣息，深深吸引著我。這樣的氣息，摻雜著兒時鮮黃車廂的味道，伴隨雨的聲音自遠而來。

不知道要走哪一條小徑的第一天，不確定周圍可能遇到什麼樣族類的第一天，無法與熟識的人說話的第一天，我倚著窗，空氣中有著安靜的熟悉，那是非常遙遠的野蠻，雨滴四溢的單純，水窪子的肆無忌憚，還有，那風聲四起的自由。

我披上外衣，推門出去，熟悉的野蠻愈來愈清晰。

颱風剛走的初日，來到離家不遠的山上，經過了昨夜的狂風驟雨，原本車聲如市聲的山路顯得異常安靜，我遙望遠處黝綠的山巒和清藍色的天空，無垢，安靜，億萬年前無文字可記錄的大地也是如此模樣嗎？

大地最初的模樣，陌生空曠的鮮黃色校車，野蠻的荒蕪，孤獨的奔放，我所欽羡卻無能企及的生命，而今，在風雨過後的初日清晨一步步向我昭示。

巍峨的山崖開始崩塌，清楚的三百六十度視野開始阻絕，許多人工辛苦闢建的山路成了荒徑，絕跡的水鹿開始出現蹤跡，修剪整齊的路樹開始繁衍自生的藤蔓，河邊的水生植物出現了喚不出名字的物種。大地似乎亂了秩序，夜晚顯得喧囂，草叢裡隨處可見晶亮的眼睛出來歡舞，白日人煙漸稀，蛇虺魍魎四處奔竄。隨著地殼的移動，大地記憶起最初的野蠻，不再修剪的雜草，隨地飄零的落葉，人類文明無法硬做解釋的神秘，都逐漸回到自己最初的模樣。看似雜亂卻自成秩序的循環四季，清晨的陰暗來自風雨將至的雲靄，愈來愈暗，似乎昨夜的狂風驟雨還未真正遠離，山巒像一張張連續的布幕，投影時間無始無終的腳步，沒來由的恐懼，沒來由的釋懷，都是本能，那在我身上喪失已久的本能，此刻我一個人，必須面對。

一如那年我和母親揮手道別，坐上鮮黃色校車前，走在那一條臨河的小路，最初登臨人世的好奇與恐懼。當校車還未催起油門啓動前，它那塑膠椅套與鐵鏽椅架的味道，在無人登臨入座前，老師與司機伯伯在前座，隔著一扇大大的窗玻璃，除了我自己，還有誰能解釋眼前即將褪去的母親身影，還有那迎面而來數也數不清的窗外光影呢？

當生命的地殼趨近初老，許多尚未釋放的地層能量開始不按季節的釋放。初老的地殼大地依然蠢蠢欲動，依然承載著生與死，我愈來愈靠近它，也愈來愈受到它的引逗，一種最初的野蠻，一種文明人類尚未登臨的孤獨。那車廂的味道開始清晰，那必須的孤獨開始起步，那不再被一次次世俗儀式按捺的心緒開始爆發。

最初的野蠻是什麼模樣？初老的我，這時的我開始好奇。

卻是在風雨過後的初日，天地一片狼藉間，我開始聽到初老地心的召喚。

三百年前，這裡曾是凱達格蘭族棲居之地，沿著山線的節奏，族人攀山越嶺，落居於此，足跡聲與呼吸聲是天地之間另一處的和諧，伴隨著山坡奔馳的山羌、水鹿，天地間有一種令人嚮往不已的狂野與原始，隨著四季與地形的變遷，族人徒手開發棲地，過著祖先傳承下來的生活習性，敬神敬自然，聆聽風聲，找尋獵物。裹腹之後的日子就是收藏獵物，水鹿出沒的季節和地點就是族人謝天的地方，灌木叢裡不時可見水鹿磨擦樹皮以做為生活領域的記號。我走到這裡，這裡因為過度開發，早已失去了水鹿的形跡，循著山坡，一條條清楚的小徑沒有人跡，草叢裡有些躁動，一雙眼睛正窺探著。

風雨過後的初日，路上有些因風雨攔腰折斷的樹葉枯枝，毫無忌憚地橫陳路邊，清掃的負責單位還未一一揀拾。試圖恢復無風無雨無垃圾的通暢山路前，我貪婪地欣賞著山的模樣，是不是在山的最深處，還有一群群的水鹿沿著昔日足跡，尋找自己的生存依據呢？這些濕漉漉的草叢，被風慌亂欺凌過的頹敗不支，泥濘的大地，覆蓋著的是山豬的腳印、水鹿的足跡，還是，我青春的模樣？

在颱風過後的初日，這些都成了大地的秘密，隨著路徑的流失，埋沒在風雨狂亂無心的傷害下。回到原始的那一刻，人們都躲在自己的屋宇下，像躲在洞穴裡期待下一刻的雨過天晴。

風雨過後的初日。穿過屋檐的雨滴滴滴落下，天還未亮，宇宙以既有的運行既有的侵蝕回應時間的軌跡，那最初的原始，嬰兒毫無反射思維的第一聲啼鳴，為了情愛毫無抵禦能力的第一次狂喜，那樣的野蠻，那樣的原始，在廊檐一滴一滴的雨聲間，迴盪的空氣四處流竄，人們都還在睡夢中，孤獨的原始在自己的體內四處流竄，「好陌生吧，好陌生吧……」雨聲一滴一滴地滴在積滿雨水的溝渠，我在床上，想像水窪四散的漣漪，「什麼時候止歇呢？」沒有來由的開始與結束，來自昨天一場驟來又驟止的風雨，風雨過後的初日，一滴一滴的打破寧靜，一滴一滴地回到寧靜，山上的一切呢？一切一如初日？

山裡的老者說，這裡早已見不到水鹿，一些足跡可能是小山羌，現在的水鹿已多往中部山區棲居，風雨過後，或是夜晚的山裡，那裡的人仍不時會與成群的水鹿相遇。水鹿匿跡的城市，風雨過後的初日，城市的人們又將迅速恢復無風無雨的節奏，沿著捷運的自會沿著手扶梯，循著向上攀升，或向下降落的姿勢循序著前進。

小時候父母親都上班，放了學回家，趁著家裡空蕩蕩的，我和弟弟號召鄰居幹起天翻地覆的事情，爬牆跨過四樓鄰居的家，從二樓跳到一樓，光著髒髒的腳丫子在沙發上來回跳躍著。這一切都會在夜晚六點以前恢復平靜。不知從何時開始，這些父母無法見識的野蠻行動不再進行，鄰居玩伴也不知去了哪裡，我和弟弟為了各自的課業，也不再下課回家光著腳丫子跳下樓了。

從山上回來，家人們還在睡，整條巷子還在睡。不知什麼時候，屋檐的雨聲停了。街角的路燈熄了，我的窗玻璃有些影子晃動，摩托車的引擎聲，送羊奶的玻璃瓶聲，推報紙進信箱的堅定聲，重新定義的日常清晨，雖然不再有水鹿成群，一些出生甫始的生命正在開啓城市的一天，互相的獵捕，彼此的圈養與釋放，整座城市是一座大草原，我們的獵物在哪？我們被獵捕時該遁逃何方？

夢裡水鹿成群，彈跳的小鹿，羞怯驚恐的眼眸，在雲霧間閃動著猶疑的身影。一切都是不確定的青春，一切都是原始的慌亂，為了前方的獵者，小鹿紛紛尋找自己的出路，向未知的天涯四處逃竄，不該在原地打轉吧？小鹿們彼此告誡著。不該就這樣輕易投降吧？失了母親的小鹿顯現了求生的本能。在獵人精銳的眼裡，再高聳的草叢都逃不了他們的視線，小鹿真的知道自己逃得了嗎？還是沒有任何想法，只是本能，只有本能？我不記得了，夢裡的小鹿究竟是尋著草叢的哪個方向開始逃竄，當獵人的腳步聲開始挪移，一點的星光，一絲的窸窣聲，小鹿便紛紛回頭，向著不知的遠方窺伺著危險的可能，弓起的背脊，不再記憶著低頭啜食青草的均勻呼吸，那曾經的安逸。

那曾經的本能。

那曾經的本能呢？夢醒了，窗外的落雨聲，小鹿奔竄的足跡聲，屋檐隨著雨滴恣意降臨的清楚迴音，每一滴，都深深印在我的耳膜，我的眼簾。許久沒有如此清晰的感官了，這純粹的感官，用來迎接初醒的自己，一個尚未意識自己該前往何方的自己。這尚未清醒的城市，每天鬧鐘機械的鈴響首先提醒著時間的清晨，向前鳴槍，指向著開始賣力的一天，讓自己無法尋回到前一刻混沌的夢境，「就是要趕快恢復意識！就是要趕快超越昨天的自己！」

今日一切的模樣，是從什麼時候開始的？一個懂禮貌的人，一個守禮法的人，一個諳於說謊的人，這一切的模樣究竟從什麼時候開始的？母親開始教我的第一個字，父親開始放手的第一次獨踩腳踏車，手足開始為一顆盤裡僅剩的糖果互相爭執的第一次勝負，還有之後那些數不清的叢林法則，那些已經不隨便皺著眉頭的溫暖表情，那些不隨口說出的真實感受，都是何時啓動開始學會這些文明的禮儀？走在一條條鋪好鋪滿柏油的康莊大道上，依循著前行的指標，小心翼翼的步履，帶領著自己一步一步謹守前人的傳統與話語。母親的叮嚀言猶在耳：「不要忤逆妳的父母。」「不要做對不起你父母的事！」

廊檐的雨滴聲又再度響起，從露珠一滴一滴地降臨似的無心，到不得不傾瀉而出的狂暴激情，在這座文明城市的清晨，顯得一切都那麼自然，那麼原始，無來由的輕盈，無來由的義無反顧，一陣大風，就吹翻了街角一整排龍頭整齊向右的摩托車。警鈴大作。

悄悄回到了太初，宇宙混沌之後的啟始，那一刻，我無法親眼目堵的一刻，如今大地初醒，一切都絕跡了嗎？

隔著一場風雨，夜晚窗門緊閉。

當天未亮時，我打開窗，我走進山林裡，那風襲進草叢的簌簌聲依然清晰。

2 銀雪紛飛的夜

當我們不再重視身體的感官或智識時，它們的存在，也將如深夜的一場銀雪般，默默背離我們，消融殆盡。

推開山屋大門，前方山徑鋪上一層銀雪，柔軟而寧靜。沒有人知道那天晚上發生了什麼事。

爬了一天的山路，從標高三千多公尺的頂峰下來，大家都睡得很好，不知道屋外一片漆黑的大地憑添了什麼，又湮沒了什麼。屋裡的幾個鐘頭，一個夢的時間，我依然走在自己的時間軌道上，卻渾然不知與我平行的時空同時偷偷遺失了什麼，又更新著什麼。許多日子都在上演著相同的劇本，當我奔馳著時間的軌道，專注於自己的夢境，其實，我所未能知曉的一個肉身、一條老街、甚至是一個自以為堅定的信仰，正在同一個平行時空默默的崩毀消逝。

莫名的失落、憑弔與追想，來自已然無法挽回的懊悔。那並非浪漫的物哀美學，而是平行時空下人類視界的限制。我們能看到進展中的時間數字，能同時看得見衰敗的進度正在加快腳步嗎？看見已然逐漸崩逝的風景迎面而來，想要追悔，已經太遲。待清晨醒來，看著即將雪融的山林小徑，想著在銀雪紛飛的夜裡未曾親臨的往事。眼見初露陽光逐漸穿透山巒的雲靄，美麗的雪色正一點一點的消融，跟不上腳步的，只能眼睜睜地看著它逐漸逝去。

銀雪紛飛的夜晚，我做了一個夢。

夢很美，相繼過世的舅舅舅媽來到夢裡。夢裡的他倆輪廓明顯，晶亮的雙眼，烏黑的頭髮，開朗的笑容，不似生前為了生計愁苦的模樣。那樣的夢，醒來，和今晨晶亮的銀雪般，消融殆盡，恍如隔世。不知他倆來到我夢境之前，究竟遭遇了什麼事情，能夠不復前世的坎坷路途，以一種生命最初的模樣相互微笑著。我在夢裡，隔著一條街看著他們，只能從今世與他們共同的記憶裡尋找證據，在他們相視而笑的靜默裡，看到他們重拾曾經幸福的青春。

舅舅舅媽是在臺灣剛解嚴不久的八〇年代赴美，決定帶著全家子女以觀光名義跳機居留。瞞了所有的親人，一家四口開始了美國躲躲藏藏的生活，日子一年一年的過，親人全然不知道他們吃了多少苦，如何營生，只知道當一切終於塵埃落定時，舅媽也開始患了重病，再見時，青春的容顏已然枯槁。昨夜夢裡的舅媽是離開臺灣前的模樣，巧笑倩兮，大大的酒窩隨時綻放臉頰，舅舅也是，那是他剛辭了輪機長的頭幾年，開始拿著積蓄四處跟著朋友投資，賺了不少錢，手上房地產不少，當時一家四口優渥的生活，在我年少的記憶裡成為一幅色彩繽紛的風景。怎知再見面時，這數十年的光陰，竟然悄悄地降下了一場又一場的狂風冰雪。

病魔相繼摧殘著他倆，來到美國探視他們時，舅舅拿出了他藏在家裡的兩把槍，一把短槍和一把長槍。舅舅說，舅媽身體好的時候他常常不在家，為了生意四處奔走，舅媽學就一手好槍法，一個女人守著一個家，花木扶疏的庭園，兩百坪的房子，四處圍牆不高，隨時都可能有竊賊潛入，「一個女人就能保護一個兩百坪的家？」看著兩支沈重的槍枝，我無法想像一個個風吹樹影搖的夜晚，那美麗嬌小的舅媽怎麼手握槍枝期待又一個孤獨的天明。

有些殘跡留了下來，記憶著當時他們打拼的故事。一棵結滿萊姆果實的樹，在我前來探視他們的時候正果實纍纍，舅媽拖著孱弱的身子說，舅舅最喜歡這棵樹，金黃碩大的果熱熱鬧鬧的，可惜每次結果時節他都不在，今年舅舅終於在身邊，卻是舅媽生命的殘年。

我們的肉身，究竟趁我們做夢的同時飄降了什麼銀雪般的光景？

身體是一個空間，一如一條老街默默崩毀的街角，當我們不再重視身體的感官或智識時，它們的存在，也將如深夜的一場銀雪般，默默背離我們，消融殆盡。

問了大家，半夜大家都睡得真好，沒有人失眠，房間裡很溫暖，也有備齊的衛浴設備，從睡袋抽身而起，睡眼惺忪，臨窗的人也不知山裡早已飄起柔柔的銀雪，覆蓋了昨天我們踏實經過的足跡，也覆蓋了原已結冰的大地。待大家起床，一一驚呼連連，紛紛抬頭看著初露的晨曦，遠方松枝的殘雪已然落定，期望天空能再重現昨夜發生的一切。唯鳥聲自林間傳來，雪白的大地靜默無聲。一切已經發生，無法重現，這唯一可資證明的冬雪，停歇在林間。

那天我們背著行囊登上雪山主峰，可惜水氣不足，一粒粒的冰霰沾上外衣，林間山徑遍地結冰，我們爬升彼端順勢溜滑而下，兩旁霧淞迷離，伸手輕輕觸摸，將林間穿梭的清霧想像夜裡銀雪紛飛的模樣，是嗎？是那銀雪紛飛的模樣嗎？

一直到下了山，回到平地，不曾再遇到天空降下的銀雪。夢裡的青春，輕盈的笑容，風景圖片般的美麗，至今都不曾在現實世界遇過。什麼時候讓自己來到北國雪景裡，推門出去就是銀雪紛飛的世界呢？我其實並不急，想念著的，還是那一夜過後，懸掛松間的霧淞，和路邊小溪旁的殘雪。

3 懸宕之心

懸宕海中的歲月，夠用，足夠你生活之用。

船艙不擠，從艙底走到艙頂，來來回回不下十次，遇到同伴的機會其實並不多。船艙設備陳舊了些，夠用，夠你在海上生活之用。

看了十餘小時的海，以為時間會拉得很長很長。

每一層船艙都窩藏著不同的期待，可以逛，可以躲，可以生活，隨你所需。第一層的電影院放映著沒有聲音的老電影，當你想要讓時間像光影般流瀉無聲，船過水無痕，選個位置躺下，這裡絕對滿足你；第二層的卡拉ＯＫ包廂數量不多，為了尋求自我表現的機會，等待他人挪出下一個空位的時光，絕對是值得的！肚子餓了可以來到船艙第三層，滿足的滋味很單純，僅僅填飽肚子沒問題，再多的慾望就會害你坐立難安的；第四層的甲板最為遼闊，位子一坐，四面環繞的都是海，而海告訴你，你那兒都不能去，海浪的聲音讓你相信，自己其實可以什麼都沒有。

孤絕這件事一直是我害怕的課題。

我在人群中習慣扮演各種角色，這是與社會連結的安全模式，也是讓自己不至於遺忘世界的縝密計劃。是縝密吧，我這麼認為，大家喜歡我，我喜歡大家，這是我的格言。

也是我燙金簇新的精神標語。

那天在偌大的昇平座唱歌，掌聲響起，台下台上突然一片燈火通明，我站在其間。日治時代的戲院，時空有些遙遠，我唱著一首意大利歌曲。

寫詩的我，其實並不習慣探問自己寫這首詩究竟是寫給誰。一直不都是寫給自己的嗎?只有在詩裡，沒有人可以要我做這做那，我也無須盡責地聆聽他人心聲，我就是我，在詩裡，我與黑暗一同發光。那天昇平座只有一個人，只有我，只有無盡的海浪聲，我是一座孤絕的島嶼，一艘懸宕在大海的船，沒有標語，只有自己的歌聲。

我唱著「Piacerd' amor」，「只要小河依舊流經原野，注入大海，我將永遠愛你不變……」，愛情的喜悅，河水依舊，一首孤獨之歌。想起某日清晨走在馬祖北竿橋仔村海灘，一個人沿著山壁闢成的步道走著。昔日以丁字磚與人字磚砌成的閩東民宅已成鄰家菜圃，飽滿的瓠瓜結實纍纍，加強地方建設，實行三民主義，斗大石雕標語依稀可見昔日漆飾的朱紅，石雕已顯斑駁。過往故事看來遠了，居住的人兒早已不知去向，路過的旅人總喜歡靠近，想要以自己的語言與這些故事對話，甚至尋求任何可以連結的工程，蓋一座橋，或是置入一份深刻感情，「島孤人不孤，這是你們說的，可以告訴我，你們害怕孤獨嗎？門前這只石敢當，你不害怕大家其實早都走了嗎？」

母雞大辣辣的踩過植滿辣椒、地瓜葉、大白菜的菜園，早起的村民微笑向我打聲招呼，跨過昔時鄰家大廳門檻，準備摘下自家一顆顆碩大的瓠瓜。前方不遠處有間漁業展示館，清晨時分大門早已洞開，館內的展示燈也各安其責，光照耀眼，陳列展示櫃裡的漁具此刻正安靜訴說著先民的故事。這故事仿佛早從很遠處說起，說到我來時，光影有些蒙塵了，一切卻又清晰可見，像清晨漁港靜靜懸宕的船兒呀，從故事說起的某時，他們就以自己的姿態存在著。

這一切從沒停過，也從沒熄滅過，門一直是開著的。

這裡的燈這裡的門這裡的故事，累積了塵埃，漁具蓑衣漁船是破舊了些，隨著時間，說著逐漸老去的故事，但依然活著。他們並沒有因為需要人們走進，而尋求改變什麼姿態。孤獨只有一個樣子，一種語言，即便身邊開始簇擁了些人，歡喜於重生的喜悅，成為人們新鮮的話題，孤獨擁有的永遠只有自己。

只要你想起，他永遠都在，一座偉岸的峭壁，一灣灰藍的漁港，一處石砌的祖厝，雖然孤獨，但他不急著靠近你，不急著向你訴說什麼。

懸宕海中的歲月，夠用，足夠你生活之用。

一個垂垂老矣的獨居者，他並不急著向你訴說什麼前塵往事，訴說這裡曾千帆過盡，風兒曾揚起了希望的帆，隨著承載漁獲滿艙的船返抵漁港，村民曾是北竿人數最多的第一村。他不只想讓你自己發現，這裡的山西靈台公廟口前曾是連接中國貿易的小港，如今僅留下殘存的階梯及平台，記憶著貿易的風華，還有廟宇掛上的美麗封火山牆，記憶的不只是虔誠的祈禱，還有相信自己與大海相依的每個日常。絕然的孤獨，八間廟一百八十八尊神像，那些面向大海的每個日子，那視野，一片遼闊的歲月，相信自己，相信那些偉岸的山壁早已成為自己的一部分。

懸宕在海上的船，以為時間會拉得很長很長。

我想起昇平座那晚，一個人唱著歌，在舞台上，懸宕在海上的心，只唱給自己聽的聲音。

4 山徑日記

我們會回頭，古道卻不曾如此習性，來時路不是重點。

一、時間交叉點

山裡的回音顯得有些空洞了，我停下腳步，試著讓自己專注。

「聽不到什麼呀！」你輕聲說。你以為是自己製造的腳步聲干擾了山，腳步也停了，口裡發出的聲音也停了，想也許是自己的錯吧。你說，不然山應該是最忠實的呀，我們來自文明，狡詐的、自以為是的應該是我們呀，不是嗎？

帶著許多資料的我們，沿著地圖與數據尋找可能的山徑。這是一條百年前先人的產業道路，不過，這可是用雙腳走出來的營生路。「什麼都沒有呀！」你說，除了這群野蠻的雙線蕨和姑婆芋肆無忌憚的蔓延一座一座林子，你期待的古道茶亭、腦寮或糯米橋呢？你看起來很失望，失望到不願相信眼前看到的是一條百年古道。

看來你又開始回到現在，拿起手機回應昨晚同事還沒處理完的對話。

頓時古道又開始熱鬧了起來。你的時間迅速接回二〇二〇年，接不完的簡訊，計畫延展著未竟的工作進展。古道荒徑猶存，時間的交叉點紛然並陳，生機盎然的伏生植物與忙碌人聲繼續恣意湮埋著古道。

百年古道其實早已破碎支離。

二、雪色山徑

古道當然不會說話，它不會傳簡訊，也不會計劃未來，只有不停地向後退去，向後消逝，一步步地默默說著故事，說著連山嵐都快聽不到的日常風景。

此刻，我並沒有即時回答你的問題。雖然一路保持沈默，山徑也對我沈默，我也和你一樣，什麼也聽不見。但是我還是要帶你來到這裡。

面對荒跡，一如閱讀一首詩，需要更多更多的賞析與導讀嗎？否則會害怕看不懂，會被嚇到嗎？許多讀者因而對現代詩望而卻步，所以我們需要更多如繩索般的文字說明嗎？面對文字，面對載體，山恆無言，也許它最相信我們，因為它知道，只要我們與之同在，日復一日，我們終將聽到它的初心。

我其實也想聽到自己的初心，不然我不會帶你來到這裡。

想想這條古道已經湮沒了許久，不知道人類不在的時候，它都在做些什麼？這條古道，曾經是挑夫挑著海裡的鹽，隨山徑翻過一重重山嶺，來到山裡的另一座小城，賣了鹽，換了生活必需品，再心滿意足地回到自己的居處。山只有不停止的攀升與下落，挑夫的腳只有不停地前進復前進，走累了，肩上的重擔先暫時放下，拿出包袱裡的口糧，喝一口茶，抬頭檢視四周的山雲，或許可能的驟雨即將到來吧！挑夫心裡也許這樣想著。青草的窸窣聲不時迎風而來，是竹雞是山羌是過刀山，想辛苦的他應該早已經無動於衷。

喘了一會兒，繼續向下一座山嶺走去。

「也許這就是回音吧！」你輕聲地說。在你喜出望外的眉間，我除了看見一滴滴微沁的汗水外，我依然什麼都沒發現。你說，山裡有些足音，不知道從哪裡來的，但是，你堅信這應該是細草偷偷留下來的足音吧。「在產業道路尚未開通前，這條細路根本就是山城生活的橫切面，沒有人能不依賴這些山徑細路。你聽，細草窸窣窸窣回應著我們，是因為我們又走了回來嗎？」

看著你喜出望外的表情，陶醉在過往的歷史真的有這麼快樂嗎？況且還是他人的記憶呢？隨著歷史回頭走，那文明呢？好不容易創生的文明要拋向哪裡呢？隨著我們一步一步地披草前進，這條山徑開始有了聲音，披草的聲音，喘息的聲音，恐懼的聲音，相思林隨風輕舞的聲音。遙遠的歷史也開始呼應我們，有了湮沒已久的回音，挑夫的腳程韻律果然不同於我們，特別快，卻頗有節奏，登，上，登，上，海平面退得好遠好遠，我們會回頭，古道卻不曾如此習性，來時路不是重點。

黃昏似乎來得特別快，回首來時路，海邊的煙嵐還未散去，挑夫已經可以將購買的日用品裝箱，鐵牛車滿滿一車，再繼續其他的行程。

他幾乎已忘卻陡峭難行的汗水，除了肩上膝蓋背脊微微地抽痛提醒著他，他幾乎不再想起那段只有山和自己的日子。曾幾何時，一條條文明通暢的路開了進來，辛苦的挑夫已經不用再肩擔著循著披草的小徑小心前行。一座座山巒像妻子柔嫩的胸脯，只要駛上鐵牛車鋪呼鋪呼地推進，小心翼翼地循著妻子堅挺的呼吸，倚靠她慢慢隨之起伏，鐵牛車就能載著他安然生活，順利回到溫柔的夢鄉。

許多道路早已經消失不見了。那是什麼時候開始的，什麼時候連唯一記憶的老者，也不復記憶了呢？尋著記憶，從山到海，除了山和海，怎麼來，怎麼去，只剩年輕時的模樣，和逐漸挺拔如山的自己。

站在苗栗銅鑼挑鹽古道上，可以遠望通宵的海。海平面上霧靄蒸騰，山嶺循高度逐漸緩降，逐漸趨近一望無際的煙雲。從島嶼南方運來的海鹽，彼時挑夫翻山越嶺，尋著我此刻的視線，一肩一肩的挑著上山。然而此時山勢依舊，往來的人們卻早已不循著我的視線，而是運用現代修築技術，築就一條條康莊大道，省卻與自然搏鬥的苦力，徒手攀爬成為過去，古道成為荒跡。

你笑了笑，問我是在懷想著什麼呢？懷想著昔日古道遺留的汗水嗎？還是今日世人視為徒然的浪漫呢？挑著一擔擔的雪白，從海路到山徑。與天地為伍，與自己拼鬥，用腳下工夫走出自己的路，僅存的山徑成為最踏實的活路。誰能夠告訴我下一個驛站在哪裡？

誰能夠告訴我？只有我自己知道。

只要肩上的責任還牢牢的擔著，我的下一個驛站就是我用雙腳一步步走出來的。

此刻，我站在僅存的山徑上。翠綠的蕨沿山徑兩旁溫柔地守候著先人的來時路，隨著時間，一些必須流逝的與無法遁去的，大地都一一承載著，也遞嬗著屬於祂的歷史。我走在先人由溪谷與山壁岩石鋪就的古道，一顆顆早已稜角不再，順著山勢各安其位，有的青苔遍身，有的孤立樹間，在立春時分的陽光下，成就屬於自己的風景。雪白的鹽早已失去蹤影，雪白的飄搖，雪白的消融，雪白的美麗，此刻，都來到我的腳下，那一條鋪滿油桐花的靜謐山徑。

古道串起的浪漫臺三線，我們不知不覺走了不少路。仍只是四百公里的一段地理切面。

歷史長廊無盡。

三、誰是說故事的人

這次的想像又不知從何而起了。

你說，之前走的挑鹽古道，初春四月正是桐花季節，沒有了昔日肩上的鹽擔，卻有沿路繽紛落雪，似是撒鹽空中差可擬。雪色般的美麗，續寫今徑與古道一頁頁抒情詩篇。

悠遠的故事也可以這樣繼續傳唱下去的，只要說故事的人還在，拎著故事箱的腳步，還是可以為古老故事的發展找到更多的新故事梗。

那天走完挑鹽古道後，我對來時路的軌跡有了不同的想法。倒是不必特別記憶著初衷留在心裡的模樣，一如追究古道究竟還剩下多少可見的遺蹤，與其懷著追悼遺憾的情懷，倒還不如繼續發現新的心情和說故事的可能。你聽我說完這樣的發現，覺得頗不以為然的模樣，笑笑的說，那就來挑戰更不一樣的古道吧，看看我這樣的心情是不是可以彌補另一條破碎又荒蕪的路。

「來走走出關古道吧。最原始的出關古道起點為苗栗公館鄉的出磺坑，終點為三義鄉的關刀山，全程約二十公里長。」你說，位於苗栗縣公館鄉、大湖鄉、三義鄉與銅鑼鄉之間的這條古道，經縣政府整修後，目前僅開放十分崠——聖衡宮——關刀山的五．八公里路段，途中可經過十份崠、新百二分山、薑麻園區、聖衡宮。你說，本來初整修畢，十分崠至聖衡宮段每隔一百公尺即有薑麻園的里程指示木牌，聖衡宮至關刀山段每隔一百公尺也設有石刻的里程柱，全程在樹林及竹林內行走，日遮很好，令人心曠神怡，一路全是整修完好的枕木步道。但是畢竟山徑已非昔日必要的產業道路，現在從十分崠老茶亭出發，步行約三十分鐘，進入出關古道四字石碣後，東段路徑便在荒草蔓生間湮沒無蹤，無法前行。

「二十公里長的路，公館到大湖之間的前段古道已經不復存在，或改為公路，或埋入時光隧道，我們得從中間開始出發，分兩次完成，一次由十分崠老茶亭，一次則從聖衡宮，不論路況如何，唯關刀山依然一路相隨。」你說，這次的古道於先民而言，是一條挑戰體力的一日大縱走，而今柔腸寸斷，休息夠了，還有許多現代化的茶莊餐廳取代老茶亭，「不知道妳又能繼續說些什麼新的故事梗呢？」

你挑釁的眼神倒像是個故意不睡覺、期待聽床邊故事的孩子。

走吧，我說。誰說記憶不是柔腸寸斷的，走一走，即使柔腸寸斷，也會自動連結。也許是記憶，也許是一路的風景，也許是可能的巧遇。

就先從十分崠老茶亭出發吧。說是老茶亭，顧名思義就是先民一路挑柴挑茶的休憩站，家人會將茶具點心留在茶亭，可供挑夫休息飲食之用。現在也是可休息，你說，車停好了，車上有可樂餅乾乖乖，也可以拿著坐在茶亭享用。這會兒我們才準備出發，哪來的疲累飢餓？茶亭是拿來供我們憑弔，憑弔茶亭裡翻過一山又一山的汗水和親情，現在式則為出發做準備，準備體驗，準備嶄新的發現。

這裡已經位於大湖，繼續走向聖衡宮的一小段路舒適宜人，文明又清靜，我們完全不用披草前進。入林蔭處不久即來到登山口，眼見山勢陡上，卻是荒煙蔓草，完全不見山徑。去年還有山友ＰＯ文介紹前行縱走至聖衡宮路徑，今日卻窒礙難行，「不知從什麼時候開始就沒人走進來了？」我突然有些感傷。

又是一條湮沒在記憶裡的時光隧道嗎？沿途蔓生的紫花藿香薊盛放林間，竄出的兩隻黃蝶正在忘情跳著雙人舞。「倒是沒什麼好遺憾的，不是嗎？」你笑了笑。

回到十分崠老茶亭，取了車，續往另一處登山口，接續著出關古道的西段，也將完成出關古道的登頂路線。位於海拔八八九公尺的關刀山，在小百岳排行第三十六，山頂有三等三角點基石。越過山頂，這也是出關古道的西段路尾，下至登山口不用十分鐘，驅車接上產業道路，經三義交流道的車亭休息站即直可上高速公路。不過登頂的過程必須歷經陡上陡下的山徑古道，昨夜剛落雨，古道多泥石青苔，這可真的體會了先民行古道的腳下功夫。

「終究還是得繼續前行吧，要放棄嗎？可是我們已經走下去了！」我真的很想放棄，只能期許自己千萬別跌倒，說實在真的很不喜歡自己像個不折不扣的魯蛇，放棄還比較省事。可是你什麼話也沒安慰我，只是一逕地往前走，連讓我提出撤退的機會都沒有，所以只能硬著頭皮繼續踏穩腳步。

「覓下一個安全的立錐之地吧！覓下一個安全的立錐之地吧！」我不停地叫喚那步步為營，心生恐懼的自己。但那前方的你完全不願意回頭看顧我，這哪是三十年的同窗老友，在陡峭難行的關刀山徑上可真是完全驗出真情假意。沒得怨，只得顧自己。沒想到，不知不覺也就爬到了山頂。

正想大聲罵你，你又慧黠地笑了笑，「不扶妳，我們都得救；扶了妳，我們都上不去！」全然相信自己吧，你說。這條山徑又陡又窄，僅容一人立足的石階，回身不是菩提，救人反而是災難。靠自己，斷了依賴的念頭，反而一步一步就登了頂。

真的來到雲煙四起的山頂，看不見遠方的山巒，倒是看見自己真的走了過來。

出關古道東段的黃蝶雙舞記憶猶存，我繼續在出關古道西段說著自己的故事。雖然前方的你並沒有伸手扶我一把，但是這個故事因為有你的背影，才有一步一步斷念走下去的自己。

四、密林深處

你一直不在意過去的模樣。

你說，眼前風風雨雨就夠你辛苦，不停的找尋站穩腳步的路基，只為了不停的踏穩，好跨出下一步。猶記得年輕時的你還對大環境懷抱憧憬，雖然不知道未來還能做些什麼，自己就是一點也不怕，「只要記得回頭，看到來時路，就能望見前方。」當時我們脫下學士服，彼此互道珍重時，你曾興奮地留下這段話。畢業後，我們很少聯絡，只知道你出國讀書，負笈歸來後留在故鄉服務。我對未來依然充滿迷惘，即使循著一條顯而易見的康莊道路前行，依然不停地懷疑自己是不是錯過了什麼？

密林深處依然有神秘的聲音呼喚著我，我總是對看不見的東西充滿好奇，眼前親眼所見雙手觸及的細節反而讓我忽略，我好奇，想聽見已經消逝的聲音，看見早已深埋的文字。所以，我也總是無法連結眼前綿延無盡的風景，甚至留意腳底踏出的路徑。

我總是渴望聽見言語背後的意思，看見文字深埋的邏輯，也許是過去的回音，也許是未來的召喚。但我總是忽視眼前的真實。我無法確信眼前的康莊大道真的只有這一條，它們也可能埋藏著諸多印證時間軌跡的細徑，走過，無視，就真的永遠錯過了！

「你知道嗎？那風景與人生的背後一定還有許多湮沒的古道或細徑吧？這三十年你過得好不好？」那天我們藉著臉書找到了彼此，我傳了這段話給你。你一直留在故鄉打拼，我還是離不開城市，見了面，我們談起三十年前的往事多已不復記憶。但你依然清楚知道自己的人生路徑，而我卻依然迷茫，「都走了一大半人生了，不向前看，只好奇看不見的路？豈不浪費時間嗎？」你睜大眼睛看著我，懷疑我這樣浪費時間是為了什麼？

我提及了畢業時你說的來時路。是我們爬得辛苦，摸索又摸索的成長過往，我愈是往前走，愈是想知道自己究竟是在哪裡跌了跤，而且應該還是跌了不輕吧，不然，怎麼會如此恐懼與不安呢？如果能讓我看清楚，甚至走回到那一處跌跤的地方，拍拍她的肩，好好對她說：「妳真的很痛吧！」我會不會更瞭解自己？更接受自己呢？

5 綴織古道的雙人舞

我們回到這裡，安置彼此的心。

這是一條沒頭沒尾的古道，是時間逐漸改變空間的最佳證明。

我們循著苗六十線驅車而上，來到此處，也是出關古道東段中點，不管從苗栗三義、銅鑼或是大湖翻山越嶺而來，沿著今稱「挑夫古道」的產業道路來到這裡，就會仰頭看到這座居高臨下的老茶亭。

十分崠老茶亭地處於小丘陵，客家話「崠」即為頂部的意思，此處昔日盛產樟樹，前人會在古道上提煉樟腦，設有腦灶十份，故名「十份崠」（或十分崠）。此處是古時居民來往大湖盆地、大寮村、南湖村的重要道路，也是大湖鄉拓墾時期的鹽路、郵路，為出關古道的一部份。

這裡曾是挑夫歇腳的好所在，挑夫的妻子們會輪流將茶水挑來，有茶桌可以安放溫熱的茶壺，挑夫來到這裡，喝一口茶，歇歇腳，在此整理貨物，或是交易貨物。接下來的路還正長，挑夫又挑起了擔，繼續未竟的路。可以想像這裡充滿汗水和歡笑，不管是苦中作樂也好，歇腿吃茶放鬆擦汗也好，這樣的生活氛圍，是剛從車上下來的我無法體會的。

經關刀山稜線延伸的多條古道就在十份崠交會，其中這條十份崠古道約在清咸豐、同治年間成形，取代當時的大寮越嶺道成為南湖地區的主要聯外道路。當時的十份崠老茶亭除了是挑夫的休息站，也是集貨站、生活訊息的交換中心。在公路尚未開通前，來往苗栗各鄉鎮勢必得翻山越嶺，走在山與山之間，前人翻過一個山頭還有下一個山頭等著，腳下踏在陡峭又險峻的路途，肩上還挑著一擔擔的貨物，「上崎觸鼻孔，下崎觸髻鬃」，這句客家俗諺形容的不僅非常傳神，更讓人感受到山中老茶亭的存在價值。走上坡時會碰到鼻孔、走下坡時會碰到髮髻，天呀，前人們除了練得一身行腳好功夫外，來到老茶亭休息，還得練就自己不要停留過久，免得兩腿酥軟無法起身。

前人走進出關古道，可以從苗栗公館鄉出磺坑一路走到三義鄉關刀山下，不消十分鐘即可抵達勝興車站附近，全程約二十公里長，需要花上大半天。現在的 **googlemap** 系統告訴你，沿著新式公路驅車前行，扣掉紅燈，等行人過馬路，全程你只需要二十八分鐘。可惜想親身體會前人生活軌跡已暫無實現的可能了，經苗栗縣政府整修後，目前出關古道僅開放十分崠老茶亭前往聖衡宮，再接續前往關刀山下的五・八公里路段，途中會經過十份崠、新百二分山、薑麻園區、聖衡宮等地。

為了方便指出這條已被新式公路柔腸寸斷的出關古道，大家多稱呼十分崠至聖衡宮段的古道為「出關古道東段」，也稱為「十分崠古道」，而聖衡宮至關刀山底的路段則稱為「出關古道西段」，它的另一個名字則喚為「聖關段」。不過，不管古道地圖上如何詳細標示出各異的名稱，不管可行經哪些名號響亮的地標亮點，斷斷續續的空間記憶點，都不如前人一條「出關古道」這簡單一詞來得淋漓暢快。

畢竟，最初阡陌交通的開發，就只是為了庶民生活的便利。隨時間湮沒的路徑，後人整治得再辛苦，只要一段時間無人走過，大自然的生存模式就會輕易掩蓋人類篳路藍縷的拓殖痕跡。這次我們從十分崠老茶亭欲前往聖衡宮，約莫四公里的路，半年前的網路資料還顯示網民拍攝沿途風光明媚、路徑清楚的照片，那一行行敘述的文字，仿佛林間山徑涼爽舒適的清風迎面而來，古道於竹林間蜿蜒，綠樹成蔭，時而薄霧籠罩眼前，時而飄渺迷離如仙境，字裡行間已為我們踏出懷古幽情。

然而，這一切畢竟都勝不過時間。

我們從老茶亭一路經過兩三戶民家，一處清楚標示出關古道地圖的木造透天涼亭，美麗的青楓沿路招引著我們前行。信步來到了一處鐫刻著「出關古道」紅色字樣的大石前，我們興奮的登上攀升的石砌步道，想像接下來的山路依然有著之前的里程指示木牌，據說每隔一百公尺即有一塊，數著數著，我們也就會到達出關古道東段的終點。然石階無言，僅默默陪我們走了三分鐘，前方湮沒的路徑直接回應我們，眼前這條古道只有荒煙蔓草，還有生活其間的大自然原住民，你們，沒有鐮刀，缺乏信心，還要走嗎？

我們無法知曉到底從哪天開始無人走過，唯一肯定的是，這已是一條不再暢行於在地居民的生活路徑，只好快快然折回十分崠老茶亭。

回來的路依然非常輕鬆，自從出礦坑到十份崠老茶亭部分路段改為苗六十線公路後，古道久未人跡，早已逐漸荒廢，老茶亭重要性自然降低，而後歷經九二一大地震與三三一大地震受損，沿途四座茶亭只剩一座，於二〇〇五年六月進行整修。

一座老茶亭，如常等候著挑夫喘息的聲音，茶亭功能不再，挑夫也早已換成了遊山玩水的觀光客。現存的老茶亭是日治大正年間十份崠居民劉來旺向十份崠、九份莊、南湖坑集資後由當地匠師廖阿榮興建的，完工後，奉茶的工作先是由劉來旺之妻莊壽妹負責，後由媳婦劉江星妹負責，之後因要挑水果才轉交給他人接手。所奉的茶主要是粗茶，但偶爾也會泡芭樂葉或青草茶，以一解挑夫挑擔之苦。

我們回到這裡，安置彼此的心。

終於好好定睛欣賞，這十份崠茶亭是單開間敞廳式建築，正面朝向苗六十線，其他三面為砂岩牆，背面牆上開有兩個石條窗，佔地約七・五坪。我們來到亭內，無茶無食，唯新穎潔淨的茶桌、茶椅。

大家紛紛拿出背包的糧食，共享彼此，天南地北無所不聊。忽然前方飛來一對黑鳳蝶，展翅表演著雙人舞，不顧我們的無理窺視，只願穿梭林間，鍾情於對方，享受兩人小小世界。我們在這條百年古道來回綴織著片段記憶，想像昔日挑夫走過的產經大路。隨著翩然雙飛的蝴蝶，我們將時空寄情於這條出關古道東段、老茶亭，還有這對蝶兒，一起融入我們習慣快速交通的感官裡。

我慢了下來，呆望著還在陶醉彼此的蝶兒。

時間不知過了多久。一花一草，情誼的美好。

一條幽靜的古道，兩隻翻舞的蝶，我生命中行過悠悠古道的好友。

輯二、啟蒙

發光的房間
有味的街，記憶的舊城南
靠山吃山，靠海吃海
一張燈謎、一本文選與一把剪刀

1

發光的房間

我是兩棲魚類。理智與感情，在月光照拂下，整座房間閃閃發光。

還是孩子的自己，每當遇到不懂的新鮮事，第一個尋求解釋的都是父親。父親總是很認真地聽，聽我沒頭沒腦的陳述一個又一個的疑惑。向父親說完後，像手握著一張即將前往遠方的火車票，便安心地坐在月台，放下行李，等著下一班火車駕駛依時駛進我未知的視野。

父親其實懂得很多，我總是想不透他腦子裡的知識是怎麼來的，童年幾乎都在逃難的他，應該沒有太多時間可以讀書，十五年少來到臺灣，插班進了高中就讀，為了謀生，大學念的是財稅系，大學一畢業，馬上進入職場工作，努力升遷，辛苦攢錢，娶得美嬌娘，升格當父親。在那個沒有網路的年代，大量閱讀報章雜誌成了父親閒暇必做之事，為了省錢，父親每月頭幾天必向公司騎樓書報攤的老闆租上幾本當月雜誌，並叮囑我和弟弟千萬不可弄髒或摺頁，一周看畢還給老闆，還可以再租其它的雜誌。

那是一個知識資訊不易爆炸的時代，想要知道什麼，沒有人會幫你整理好「懶人包」，你得自己到書店或圖書館追索。那時喜歡追索什麼呢？什麼問題已記不得了，只記得小腦袋瓜裡有很多待追索的問題，每解開一道，就歡喜不已。如果沒有好奇，沒有疑惑，日子可以挺簡單的過，但是因為父親總喜歡帶著一本本的雜誌回來，除了電視三台，那些雜誌上的專題報導，精彩的文章標題開啟了我與現實世界的天線，鳥獸蟲魚，國家大事，從父親的口中總是能提供我懷疑的素材。

只想解決我小腦袋裡的疑惑，不喜歡說話，成了我生命的初模。

上了中學，開始有做不完的功課，依然無法取代每天閱讀書報的習慣，父親依然是我尋求解答的家庭教師，只是我們的對話逐漸加入了不同見解的辯論。

許多知識的承載量逐漸超越了父親的日常，我有時會偷偷自厚厚的書裡一條一條地揭露它們。有時候聽到老師提起未知的世界，就會躲到圖書館找書來看，愈看愈投入，不知不覺啓發了更多的疑問，也追索著更多的故事，深深為神秘的知識領域所吸引著。於是借回更多更多的書，發掘更多名為「為什麼」的樂趣，那樣單純追求知識的快樂，成為日後生命裡極為重要的平衡點。

只是在成長的路上歧路紛陳，沿路美景逗得你肆意流浪，有時不知道為什麼這條路走得氣喘吁吁，失了自己節拍的腳步像是坐上高空纜車，有機會可以看見不同的風景，但就是活得不夠踏實，整個人在半空中搖搖晃晃的遊蕩，通往頂峰的路途驚艷多於快樂，循著一條又一條觀光纜線刷地一下，就到了旅途終點，沒有機會好好端臨自己經過的足跡，沒有停下腳步與周遭景物慢慢對話。久了，是過了一山又一山，卻忘了自己一步一步慢慢走路的生命節奏，像個隨纜線拉扯的皮影戲偶，投射的光影在哪，哪裡才說得出虛構的故事，燈暗了，一切都只是一條空洞洞的布幕，晃蕩晃蕩地隨風四處擺盪。

一山又一山，浮生千山路，忙著征服自己，埋頭往前行，逐漸遠離了小時候父親成堆的書報雜誌、和弟弟一起認識大自然的新店溪畔，還有夜晚一個人流淚的發光體。直到累了，迷失了自己，回到自己的房間，失衡的軌道才逐漸自轉導正。

原來，發光的房間是自己尋求平衡的小宇宙。

從小就喜歡看夜空，一個人常躲在五樓的加蓋鐵皮屋裡，對著夜晚的星星發呆。那般遙遠的發光體，是我永遠無法企及的所在，我看著它們，看著它們在渺無邊際的宇宙熠熠生輝，每一個個體都如此遙遠而神秘，我能夠看著看著而淚眼潸潸，能夠數算著它們的數量而靜下心來，神秘到可以穿透我的心，卻不需任何言語。那些發光體，引逗著我對抽象的世界產生好奇，想像力像一把又一把發光的箭矢，自胸臆投射而出。在廣大的蒼穹下，我被無私地擁抱著，看顧著，可以放任思緒恣意游盪，天空是我的大草原，星子就是我的水源地，我是一個流浪失所的吉普賽人，在水源深處汲水，逐水草而居，隨星辰休憩入眠。

想像力成了我最好的朋友，在星空下，眼睛和心成了步履一致的夥伴，我享受宇宙發光的當下，享受宇宙大霹靂後逐漸形成的自然秩序，一百三十八億光年之遙，而今來到我的面前，我看見了它們，也照見自己如此渺小，如此微不足道。因為如此微不足道，使我對安靜生存在人類群體世界顯得非常自在，自在到無人知曉亦無妨。

不知不覺，年幼觀星的習慣成了觀看自己與人群的視角，像天體懸著的一顆星，孤獨五樓角落的一個孩子。

發光的宇宙，永遠逗引著我。

小學三年級的我，帶著零用錢走在離家不遠的東園街騎樓，一間間的店家是母親常帶我去選購日用品的所在，來恆昌書店則多是購買參考書或是文具用品。永遠記得那天下了課，背著書包不是回家而是衝進書店，買下第一張星座圖。手握那深藍色羅盤，輕輕旋轉，像一個握在手裡的宇宙，具體而微。我俯視而下，清楚照見每一個星座的名字，它們全聚集在一起，為了一個個星座的名字，彼此連連看，連成一則則宗教與神話的故事。

我握在手裡，星子隨著我轉，知識成了另一個發光體。

後來纔知道，這些美麗的星子，這些陪伴我孤獨的童年，這些能讓我看得見宇宙邊際的發光體，全是因為它們早已走了不知幾億光年，也早在它們各自命定的時間裡默默死去。

拿著星座圖，年幼的我來到五樓的角落，看似相同的夜晚，我開始一一重新認識陪我流淚的星子們。秩序井然的宇宙，時序循環的風景，原來它們不全然需要我的想像力而美麗。它們是恆星，活著的時候自體發光，自體爆炸，在遙遠的某個時間與空間完成一切。它們是神秘的，卻因人類一步步觀察宇宙的現象，一一試圖歸納其間的秩序，發現宇宙可能的奧祕，形成一套又一套可供詮釋的知識範疇，引領人類相信自己的觀察，大膽提出自己的假設，並期待有一天這些知識能獲得宇宙神祕的回應。

我拿著星座圖，我想放下自己的眼淚，想瞭解它們孤獨的存在。

因為知識，我逐漸學習理解黑夜，那積蓄眼淚的另一面，那超越情緒與想像力以外的自體旋轉，在屬於知識的範疇裡，各自完足的在我面前形成問題的裂縫，引渡我的眼淚，要我走進裂縫，剝開裂縫，發現知識的微光自遠而近，與我相迎直視。

我那些河邊的動植物朋友們也挺開心我的成長，牠們紛紛列隊歡迎我，以不同的姿態召喚著我。有時出現在書籍的一角，以近親的照片考驗我是否還記得牠們，有時隱身在我回家的小巷轉角，化身一隻貓咪匍匐前進的窺探著我，那以胸腹貼近土地的模樣，讓我想起河邊緩緩前進的彈塗魚，我因為認識牠們，近身看過牠們特大的胸鰭，那布滿深色斑紋的肉質，那全身似河邊泥澤色調的灰褐皮膚，我開始追索兩棲魚類，思考適於泥澤爬行的身體，修長的身體，扁平的尾部，拐杖般的胸鰭，能適應半水半陸的潮間帶環境，造物主給了牠們演化的機會。

小時候的家住在臨河的不遠處，放假的清晨，河邊是我和弟弟常去的地方。那是秘密基地，許多野生動植物是從那裡開始認識的。

河裡的溪哥，岸邊的彈塗魚，天空的暗光鳥，我們總是毫無預期的相遇，牠們無法向我介紹自己的名字，還會非常羞澀地見到我就加快腳步紛紛走避，我們恰好的距離成為一種默契，好像夜晚抬頭看見的星子，不知道它們原來的模樣，因為那樣的距離，讓我更好奇的想要接近它們。

爾後在這條河邊又陸續遇到不同的生命，他們也都像天上星子般閃閃發光，第一次總是驚喜連連，讓我無法專心記錄牠們的模樣，只能約略記憶著初遇的地點、周圍環境、外形特徵，然後回家馬上向父母求救。

這也是我知識的啓蒙，不同於夜空星子讓我垂淚，初遇河邊這些大自然靈動的精靈時，牠們移動的姿態，開啓了我對世界萬物的好奇，讓我想知道除了人類以外的世界，包括牠們的名字，甚至是牠們睡眠的模樣。牠們雖然與我語言不通，那些晶亮的眼睛，濕潤的皮膚，優雅的姿態，是那麼耀眼奪目，各自擁有生存的秘密，我想用自己的筆，書寫這些活生生的生命史。

我用存了一年的零用錢，買下一套《十萬個為什麼？》，綠白相間的書皮，放在一本本瓊瑤小說的旁邊，在那買書不易的年代，同時開啓我兩個光怪陸離的世界。一個是知識如寶山，一層一層挖掘表象背後的真實與邏輯；一個是情感如琉璃寶塔，光影的虛構與真實，在情感尚待啓蒙的青澀歲月，瓊瑤阿姨的愛情觀構築了我少女成長期的浪漫情懷。

不知從何時開始，夜晚潛上五樓孤坐的時間愈來愈少。有時補習時間晚了，一個人坐在公車上，沈甸甸的書包壓在腿上，一雙疲憊的眼還是不肯闔起，就是還想貪看窗外美麗的發光體。有時是夜空一閃而過的星子，有時是街頭踽踽獨行的夜歸人，有時，是車窗玻璃反射的自己。那些美麗的發光體，是我孤身夜歸的伴侶，我常常觀察他們，寫在小小的筆記本裡，「也許，妳可以寫成一首詩吧！」他們紛紛閃著大眼睛，看著我。

我逐漸發現他們連回到家都不放過我，繼續向我揭示，不時閃耀著微光，就在我的房間裡。當我打開筆記簿，懷想一天的風景，書包的知識，孤身的風景，夜晚的房間在在令我陶醉不已。整個房間，到處都是白日捕捉的光，在溫帶森林般的感官世界裡一一飄浮了起來。一隻隻螢火蟲，建構屬於我的生命宇宙，我逐漸明白他們向我展示的契機，每一刻，成就了我最愛的孤獨時光。在奮力追索的白日，我發現他們；在人煙稀少的夜晚，我以紙筆捕捉他們，理智如此清晰，讓知識列序，各安其位；而感性的肌膚依然溼潤，不管漲潮或退潮，夜晚的寧靜極為適合潮間帶的呼吸，我是兩棲魚類，理智與感情，在月光照拂下，整座房間閃閃發光。

有時來到緲無人跡的山徑，巧遇的山羌說，我神秘的路徑怎麼可以讓妳輕易看透！曾經滿山滿谷的我族類，如今已不復見，今日妳即使遇見了我，在銀雪紛飛的清晨，那依然只是宇宙巧遇流星般的驚鴻一瞥，「回到妳的房間吧，繼續在可能的路徑裡追索著我！今日妳翻山越嶺的守候著我，也不過換來我曾經存在的證據。那妳呢？對妳的存在又有何意義呢？」

有時，看到一隻暗光鳥在河床沙洲上憩息，波光粼粼，遠方的山巒忽隱忽現，只見牠氣定神閒的單腳佇立，那入定的模樣深深吸引著我，牠的頭、枕部略帶金屬光澤的深藍灰色，上身部分和雙翅為暗灰色，下身略帶些乳黃的白色，翅膀上有星星點點分布的白色斑點，頭頂上有兩到三根細長的白色蓑羽。虹膜是血紅色，鳥喙是亮黑，足踝是嫩嫩的黃色。為什麼僅靠一隻腳就能休憩，為什麼不像人類的習慣需要兩隻腳呢？難道你的世界還需要除了平衡以外的其它習慣嗎？

課本裡的答案還是沒有大自然一次次的叩問精彩，然而透過它們的啓發，每個看似無趣而枯燥的知識像是獲得了初春第一道暖陽的照拂，解開冰封後的大地擁有無限可能，雪融之後還有土裂的期待，冬眠之後，還有第一聲雷鳴的驚蟄。

知識的大門應聲開啟，在走不完的長廊裡，夜晚的星空、山林的螢火、泥澤的禽鳥，宇宙是一本讀不完的百科全書。長大後，離開家，去了其他的大山大水，記憶裡的啟蒙依然閃閃發光。

那發光的房間。

在外面追索了這麼多成長的路，跌跌撞撞，到底什麼是自己的舞台？什麼才是自己的最愛？回到自己的房間，與自己對坐，研讀書籍裡的知識，解決未知的困惑，釐清世界紛亂的真理，我拿起筆，我打開書，找回了生命平衡的中軸，宇宙唯一的中心，讓原本偏移軌道的白日，一筆一筆地挪移回自己的節奏，一頁頁慢慢整理紛亂錯雜的思緒，不需再回應周遭各持的己見，安靜的任思緒沈澱，一點一點螢火般的光芒在房間飄移，像夏日夜晚走進森林，在伸手不見五指的山徑摸索，瞻望天空，心卻異常恆定，知道宇宙依然尋著自己的軌跡運行。直待眼睛開始適應黑暗，一隻一隻的螢火蟲開始自遠而近的飄浮近身，愈來愈多的發光體繪成屬於自己的星圖。

這顆易感的心，實在不能在外流浪太久，許多好奇的因子，許多肩上的責任，會讓自己不知不覺偏離了正軌，追索著更多未知的自己，也變異出更多迎合眾生的形體，跟著人群轉，無需太多心緒，尋常時光就這麼過了，也許能順應節奏流轉四季，但是說著別人的語言，哼唱別人的主題曲，自己到底真正看見了什麼？盡是別人的影子？回到自己的房間，書和筆，夜空的發光源，照見自己陰暗的角落，也照見自己純稚的靈魂。

回到自己的房間，滿天的星子，孤獨的驚嘆。

2

有味的街，記憶的舊城南

食物的滋味是我記憶端點的延伸，找不到這些味道，意味著，我會永遠將它們忘記嗎？

如果記憶能重現影像，真想回到那一年的十字路口。

那是一次極其神秘的飲食經驗。父親帶著年幼的我和弟弟散步來到離家不遠的十字路口。週末深夜的路口非常熱鬧，聚集了許多小吃攤，客人絡繹不絕，昏黃的燈光照映著一桌一桌的杯盤狼藉。父親揀了一桌坐了下來，示意我和弟弟拉椅子靠過來，絲毫不在意身旁客人腳邊散落四處的骨頭。一陣陣藥膳香撲鼻誘人，我和弟弟早習慣父親喜歡帶著我們遍嚐美食，以為父親這次又帶著我們來冬令進補。看地上一節節不長的骨頭，問父親，這是羊肉嗎？爸爸只是笑笑，「好吃的好東西，吃了就知道！」一碗碗的肉上了桌，心裡想著羊肉、雞肉、十全排骨的各種可能。沒有掛上招牌的攤子，味覺、嗅覺自然逗引著自己一口又一口享受著沒有名字的食物。吃完一碗，小小的嘴裡還留著肉與皮的嚼勁，還有一股陌生又原始的動物體味。

至今難忘的是謎底揭曉的那一刻，我無法接受父親的答案，「是香肉呀！⋯⋯就是狗肉啦！」天呀！原來我剛才吞進身體裡的美味，是我最愛的狗兒！我狠狠的哭了起來，也一直無法原諒父親瞞著我，讓我做了這件殘忍又野蠻的事。父親倒是很淡定，依然一付饕客的快意模樣。從此以後，我好像也就對食物的各種味道、各種來歷淡定了起來。「狗肉都吃過了，還有什麼不能吃的呢？」我的心裡一直有著這樣的Echo。

最近讀了焦桐的《味道臺北舊城區》，又勾起了我的南萬華記憶。想想我們家的飲食哲學還挺有趣的，父親母親一九四五年離開魚米之鄉的江南，逃難來到一處陌生的島嶼。我的節慶假期幾乎都是在外公家度過的。外公餐桌的上海味，和身為職業婦女的母親手藝，是我開啓飲食味覺的鑰匙。我們可以大啖「銀翼餐廳」的江浙口味，享受中山堂巷子「上海隆記菜館」的「濃油赤醬」，坐車到南門市場挑選道地的食材煨一鍋嫩白湯頭的「醃篤鮮」，也可以隨著父親鑽進城南舊城區的小巷子，尋訪地上堆滿魚刺、碎骨頭的小食攤，跟著父親一起大口大口啐一地的肉骨頭。

翻閱這本《味道臺北舊城區》，跟著焦桐一路尋訪著艋舺、大稻埕與大龍峒的在地美食，這是一趟趟的味覺之旅，也是一次次的記憶之旅。這裡「舊城」並不是指清朝時期的城門範圍，或是日據時期的「三市街」，而是泛指臺北開發甚早的老市街。所以，跟著焦桐書裡的味道走，仿佛也一起走進時光隧道，以食材與味覺，帶領著我們回到庶民文化的源頭，那「民以食為天」的生活價值。以前的日子雖是不可逆，文明的大旗也只以發明更快速省事的玩意為理想，但是我們的脾胃，我們的五感依然是最原始的幾座小廟。

什麼樣的食物能滿足這些小廟？哪些飲食店的老闆能列入廟堂的神級地位？不見得價格昂貴、食材獨特才是好料理，焦桐告訴我們，「談不上什麼祖傳秘方，只要肯用心計較，沒有不好吃的道理。」如今能以食物承載著記憶的幾道佳餚，都有著相似的特質，因美味而深植記憶，一如焦桐所言，「我心目中的美食很簡單：好食材，遇到好廚師，認真仔細操作。美食往往和價位無關，亦即不存在昂貴或便宜的道理，僅存在合理不合理的問題。」

小時候住在東園街一帶，這裡是南萬華，人們口中熟悉的艋舺其實位於萬華區的中心。我並不知道自己住的地方到底有多特別，只覺得進城裡吃「點心世界」或「銀翼餐廳」並不遠，到「華西街夜市」或吃「永和豆漿」也非常方便。放了學，回家前先來一碗巷口的冬菜鴨肉米粉，美味入心，一天的壓力都沒了。什麼是「古早味」？記憶裡的巷口小吃從不標榜「古早味」，一如焦桐在書中所寫，「認真、仔細操作是古早味美學，」「高湯總是要老老實實用肉、骨熬煮出肉質香，或用能釋放鮮甜味的菇蕈、洋蔥、蘿蔔、蘋果、甘蔗等等燉煮素高湯。」古早味本是烹調小吃的自然手藝，無須標榜。

這座城市的古早記憶正在逐漸流失中。在今年十月，華西街最後一家老字號的蛇肉店正式歇業，我的第一口蛇肉、第一口狗肉，這一切的記憶，都已在這座城市銷聲匿跡了。食物的滋味是我記憶端點的延伸，找不到這些味道，意味著，我會永遠將它們忘記嗎？

一口好食物，即是一趟旅行，它們隨著烹調食材者的生活習慣、文化背景等元素不約而同地乘坐時光機，穿越不同的空間來到餐桌。除了溫飽的基本功能外，若能有機會細細體會食物的旅行，自會品嘗到與食物息息相關的故事。我的第一口蛇肉也是父親帶著我去嘗試的。那條長長的華西街夜市，一間間的蛇店，不經意看了一眼大蟒蛇吃老鼠後，就再也不敢正眼走進蛇店了。但是，這絕不影響我年年大啖一碗碗的蛇湯。

為了過敏性皮膚的惱人，秋冬交替時節一到，父親幾乎都會帶著我們全家品嘗如土雞肉般鮮Q有勁的蛇肉。長大後纔知道，敢吃蛇肉的人畢竟少數，而我這個南萬華小孩得天獨厚，野性與生俱來，原來是吃多了艋舺舊城區美食。而一口口品嘗江浙料理也不遑多讓，更養足了我愛闖蕩大江南北的習氣。孩提生養在臺北舊城區，以為大都市的五光十色才是好看，直到大街小巷一家家的傳統小吃開始不敵異國精緻美食，那些為我封存舊記憶的古早味默默消逝殆盡，才驚覺庶民美食所承載的不僅僅是溫飽的記憶，而是一段段生民或流離、或遷徙、或族群融合、或世代相承的「庶民記憶庫」。

看了焦桐的這本《味道臺北舊城區》，跟著走過一處處充滿故事味道的街廓巷弄，像與自己一次次的擦身而過，臨河近城市邊緣的舊城性格畢竟不同於城市中心性格，食物如此，庶民如我亦如是。

希望不論是旅人或是來到臺北舊城區尋訪美食的庶民，藉著這本書，藉著味覺之旅，重新與自己做朋友，也重新認識這座臺北城。這座城市也許不夠老，也不夠新，論登上世界級的觀光亮點屈指可數，我們需要一直以世界觀光都市的標準回望臺北這座城，拿別人的指頭為這座城市尋找價值嗎？歡迎拿著這本《味道臺北舊城區》穿梭巷弄，不只是搭捷運、爬一〇一，而是要走進庶民生活，發掘食物背後的城市故事。你會發現，舊城區的庶民食物正在為臺北這座城市的每個人卜卦算命。

它，其實早就理解為什麼我的脾胃一直這麼大，也從不犯挑食毛病，更不怕嘗試各種稀奇古怪的食物。

3

靠山吃山，靠海吃海

當初的不珍惜，才會輕忽彼此在天地間的相遇。

最近看了一本書，仿佛與多年不見的好友重逢般令我驚喜。雖然我的好友遊歷了許多陌生的城市，經驗了各種我不曾經驗的生活，但是，從她的口裡，我在在感受到熟悉的悸動與視野，「果然是好朋友呀！」我用力的擁抱著她，感覺我們雖然不在同一個國度，卻依然擁有著近似的靈魂，深深牽繫著彼此。這本《走讀日本，森川里海》就是這位我忍不住用力擁抱的好友！

我喜歡這本書，它給了我一次次深切的共鳴，不但是喜悅的閱讀饗宴，更是熱情與土地互動的體驗與反思。這些閱讀的共鳴，來自這幾年來帶著學生走讀創作的課程設計，雖然我不是專長地理、生物的老師，也不是拿著領隊證的旅遊達人，但是因著一步一腳印的走讀課程，我的文學教育場域充滿AR、VR立體時空的情懷想像，在這片土地上孕育著創作的花苗，晴耕雨讀，情思盎然。

從設計高中端特色課程的「後大安書寫」開始，我的書桌與臺灣這片土地不時碰撞連結。那是始自一次課程的對話，學生問我，「老師，為什麼我們學校旁邊的瑞安街不設計的直線一點？彎曲到容易迷路，這樣有比較好嗎？」對呀！我走了無數次的路，從沒想過這回事，直到開始觀察、比較，才有進一步的關心。對周遭環境的切身觀察，追索環境變遷的脈絡邏輯，關心自我與環境的裙帶關係，不就是身為文學課程最根本的活水泉源嗎？

於是，我開始將「文學創作」融入「走讀課程」，從「後大安書寫」的「後」（post-）開始發想，引逗著學生「反思」環境變遷的過程，進而關心即將消失的人文地景，思考保留的可能性，以書寫留下記錄，付諸公民行動。之後讓學生拿起手機不是打怪，而是記錄「聲音」的「臺北聲景地圖」課程設計完成，書寫「聲音地景」的生命記憶，將土地的聲音移轉，連結土地與自身的關係。這樣的感情自然而豐沛，來自周遭，更來自生命脈絡，不再「未賦新詞強說愁」，而是「情景相融」的五感體驗。

生命中有許多難忘的回憶，那是來自與大自然不期而遇的驚喜，如今回想，仍然覺得那是上天的恩賜，讓我更深愛孕育我的土地，這不大不小，一如這座美麗的島嶼，擁有剛剛好的美麗。

里山里海里城市，如果不一一親臨，如何巧遇？

那是一隻鼴鼠，車子行經山裡的學校道路，時速不到二十公里的視線，讓我看到牠吃力的想要爬上人行道的駁坎，我停下車，走到牠的身邊，輕輕將牠抱起，讓牠回到自己的草原。當牠來到我掌心的那一刻，我至今難忘，那小小的腳掌，小小的身軀，和我一樣，都是天地偶然撐起的一縷魂魄，牠何其渺小，我又何嘗不是？我們能在大自然裡巧遇，這是多麼美妙的生命體驗。

從小就喜歡來到離家不遠的新店溪，許多大自然的知識，都是從這裡開始。父親喜歡垂釣，等魚的時候，河邊就是最好的教室。苦花、溪哥、烏心石、寬青帶鳳蝶，還有許多鳥類精靈不時飛來，適時成為父親的最佳助教。這片藍天綠帶，孕育姿態多樣的大自然生靈，那時我還小，覺得每次的垂釣現場，都是再普通不過的生物大舞台。長大後，自己成為老師，帶著學生回到這些令我感動的所在，才發現，有些舞台角色，甚至是舞台本身，已經不知去了哪裡？

我們一直都是這舞台的一份子。

這是一種自覺嗎？其實不是，那是等我發現牠們其實已經無跡可循時，才發現其實我們不會永遠都在這座舞台，當初的不珍惜，才會輕忽彼此在天地間的相遇。

不管我的身份是一名文學教師或是報章雜誌的特約採訪，從小學教到研究所的學生，寫書或採訪稿，總是喜歡走進山林，帶著自己和學生走出教室，來到戶外。一如父親與我，他垂釣的時候，我永遠有看不完的奇花異草和珍奇異獸，牠們也許在世界的百科全書裡並不特別，但是，當我指著這些巧遇的大自然精靈時，因著我一次次地走向牠們，才逐漸瞭解，是因著生物多樣性的環境，才可以如此悠游自得，帶領不同生命特質的學生，與每一個自然精靈巧遇，捕捉屬於每個人獨一無二的靈感繆思。

帶著學生走在山林海隅、聲響繽紛的城市中心，或是披草前行的歷史古道，大自然的召喚一直引領著我產生源源不絕的課程靈感，我知道自己的課程發想本不是來自「環境教育」，因為我是文學老師。但是，我需要回到大自然，因為那裡有著我源源不絕的教育資源，那裡有著興趣專長多樣性的助教，可以協助我產生多樣性的教育內容，給與學生，甚至是我源源不絕地學習內容與生命刺激。直到讀到這本《走讀日本，森川里海》，才驚覺，原來這一切因著發想，才有珍惜，才能永續。

《走讀日本，森川里海》是一本里山復育的行動實錄，蒐集了日本各地自然環境再生與實踐復育行動的例子，令人驚喜的是，書中的例子不只是國家或社區自然保育或重建的過程，有的更導入在地學校的環境教育，結合學校課程，讓學生透過實際行動，感受與土地共生的休戚情懷。這都是為課本知識與教師傳授的最佳教材，不但讓學生進一步思考環境保育與在地產業的重要性，更讓人與自然關係緊密共榮。這本書更值得一提的是，除了日本例子值得參考，作為一〇八課綱「素養課程」、「跨領域」等課程的設計靈感外，本書也收錄了四個型態不同、復育成果具有代表性的臺灣例子，每個例子都能成為「校本課程」的素材範例。

自然環境的生物多樣性，一如教育環境的多樣性設計，能夠引發生命更多內在的潛在特質。如果一個學生長期在單一升學指標的教育環境下成長，填鴨背誦，單向吸收，目的只有吃飽知識，考上前三志願，一如生物只生存在每天不斷餵食、沒有天敵只有自己同類生物共存的環境下，這樣的生物不但不會長壽，只會在每天等著餵食中鬱鬱而終。一群等著放養大自然的貓熊，雖然暫時活在人工飼養的環境裡，飼養專家依然得為這些貓熊準備多樣性的環境，為的不是讓牠們吃飽而已，而是讓他們在生物環境多樣性的刺激下，將內在基因的潛力一一發揮，未來回到大自然，才能夠獨立生存，適應變遷。

對於一個在城市裡教書的老師而言，坐捷運，搭手扶梯，是最自然不過的移動方式，地圖出現在手機裡，手機告訴你最真實的現況：從A地到B地最短時間的直線距離，有時還會建議你改走另一條，這樣也許可以省去四分鐘的車程。我常問自己，可以不要將時間掌握的剛剛好嗎？如果路上遇到一隻可愛的狗狗，蹲下來和牠四目傳情一下；如果抬頭看看天空，驚見苦楝已經紫趣盎然，就這麼想像自己是一隻臺灣藍鵲，翱翔於山隅水澤，偶而俯身，讓城裡的孩子們創生靈感，完成一首感動自己的詩歌，這是不是很美好呢？

4

一張燈謎、一本文選與一把剪刀

而那身影，依然在講台上微笑不語。

一、

清晨七點，捷運車廂滿滿的人，安靜做著自己的事，昨夜翻動整座城的風雨早已不知蹤影。

眼前站著一位中年女士，正忙著點閱手上的平板電腦，無法闔上的皮包插著一紙資料夾，上面寫著「理財專員受訓資料」；雙鬢花白的男子正和一位年輕人傳授今日會議該注意的事項；鄰座一位高中生，正專心手中的國文課本，口中喃喃有詞，「唯江上之清風，與山間之明月，耳得之而為聲，目遇之而成色」，玻璃車窗上映著一排排再熟悉不過的中文廣告看板，看板上的大字清楚傳達實用目的，不同的書寫字體，默默承載著數千年中華文化的精采。

隨著時空的流動，內化於人們的生活素養，不時在日常作息間，進行著一次又一次神聖的傳遞與領受，那如巫術般的祕密儀式，隨著日升日落，讓我們願意共同相信著什麼，共同仰望著什麼。

這是西方人口說的藍色週一清晨，是什麼默契讓大家各安其位的做著自己的事？又是什麼力量牽引著人們尋求生命傳承的實踐？

生命的關鍵時刻一出現，心底總會想起一個人，在儀式最前端帶領我們的那個人，他一字一字的念著經典，以自己的經驗解釋字裡行間的意義，那啟發的言語，使我們渴望尋求各自的答案，然後，當我們相信這一切來自於他，他又搖搖頭，默默揮手向我們道別。天災人禍的恐懼不時降臨，陷落在恐懼底層時，又出現那個身影，他的聲音依然宏亮，他的方向依然明確，即使面容總有些模糊。

因為他，一個人時，我們懂得向自我學習；團體生活時，我們懂得傳承與領受，讓希望與理想不會只停留在自己的生命。

二、

童年的新店溪畔是父親教我和弟弟釣魚的地方，我不喜歡釣魚，總是插了魚竿就往溪畔的花圃鑽，花農伯伯知道我這個孩子喜歡花，總是會剪個幾枝往我懷裡送，這時父親會一個箭步將口袋裡的錢取出，要我親手交給花農伯伯。歡天喜地的抱著花，心裡早有一天已心滿意足的快感，便會敷衍的跑去溪邊顧顧自己那根孤獨的魚竿，父親只是一逕微笑地看著我，從不勉強我要固守自己的河水領域，也從不在意我是認真還是不認真。魚呀魚當然從沒上了我的鉤，但我好喜歡父親這樣帶領我面對自己的江河，自己的任性。回了家，空手而回，或是鮮花一束，母親必會熱切詢問著一天的時光，一一順著我的陳述陪我再走一遭，讓我覺得她是非常在意我的一舉一動，也讓我清楚知道，雖然無法陪我走過人生的每一段路，她以一句一句關懷守護著我，永遠成為指引潛航的那個身影。

那一畦一畦美麗的花圃，父親執意要我完成與不必完成的事，母親鉅細靡遺的垂問關心，至今依然隨著新店溪汩汩流著。他們是我生命初次遇見的老師，帶領我遇見一次一次美麗的風景。

三、

那是高中的某堂國文課，我們剛上完體育課回到教室，天花板意外的垂下一張張紅紙，那是恩師周一惠老師親手設計並書寫的燈謎，謎底是班上所有同學的姓名。當天是元宵節，老師親手布置了整間教室，我不知道這僅僅一節課的活動，究竟花了老師多少時間準備，我也不記得當天究竟有多少同學答對老師用文言文書寫的燈謎，我們只是拚了命的抬頭找答案，想拿獎品，想在群體的吶喊中聽見自己的答案，那在講台上微笑不語的身影，不曾解釋她究竟希望我們學到什麼。

老師喜歡在課堂朗讀學生的作品，也喜歡將不錯的作文、週記影印，貼在布告欄，鼓勵學生寫作的方式還有自掏腰包買書，一本一本的買，老師買的也是自己看完之後值得大力推薦的。老師已離開人世三年了，來到靈堂上香，我哭得很慘，畢業至今，我很少主動聯絡老師，老師走了，留給我兩本作文簿。我早已忘了老師曾製作這樣的文選，其中收錄了幾位同學的課堂作文，歷經幾次搬家，老師居然還一直留在身邊。翻閱一張張影印的作文紙，想起這些應是曾經貼在布告欄的作業，經老師細心的裝訂，封面加裝著質樸的作文簿封面，成了獲選同學們的第一本文選。

我也重新拾回遺忘的生命史，原來在老師的手裡，我已完成創作生命的第一頁。

那漫天飛舞的喜慶紅紙，那保留在老師身邊的青春文選，那明亮純白的教室，一次次的感動，不斷地渴望複製再複製的心意，幻化成我的人生風景。

而那個身影，依然在講台上微笑不語。

四、

爾後自己也進入大學就讀，畢了業，實習了一年，賠了巨額公費，歡歡喜喜成了教育界的逃兵，進入中文研究所，以為從此不會再踏上辛苦的講台。研究所期間，恩師博學多聞，報刊編輯工作與文學社會學的專業研究相互映證，令人敬佩又景仰。有幸接受老師的論文指導，忙碌而充實的研究學習，使我更加堅信自己對誨人不倦這個角色依舊興趣缺缺。老師總是會要我到他的書庫搬幾本書回家，也會在他的編輯台討論研究進度，他總是微笑著聽聽我的想法，笑容和瞇成兩條線的眼睛讓我想起父親遞給我釣竿的那種神情，當我接住釣竿的同時，那微笑，居然擁有著相似的弧線。

某日下午，老師說《中央日報》副刊組徵人，要我投個履歷資料試試看。隔天，我交給老師一本自己製作的手工詩集，裡面是陸續發表過的作品，老師翻了翻，二話不說就拿起剪刀重新剪了起來，並示範如何使用膠水貼好一張作品。完成示範後，老師依然微笑地對我說，回去照著再做一次。

我不記得自己究竟重新剪了多少首詩，只記得老師為我剪去了許多有稜有角的粗心，當日老師的編輯台顯得異常凌亂。

就這樣我順利進入報社工作。

一年報社的工作讓我想起了擔任實習老師一年的時光，沉澱後的記憶光澤閃耀著溫暖與愛，師生互動的雋永滋味，離開的當下是無法深深體會。向主編遞了辭呈，逃避了日日面對文字編輯的孤獨，決定回去教書，重新開始，想要複製恩師留給我的時光，想要創造自己能給學生的感動。

繼續一張燈謎、一本文選和一把剪刀的神祕力量。

五、

二十多年了，從國高中校園到大學殿堂，創作的習慣繼續，研究的興趣繼續，送書的習慣繼續，卻不曾寫過一則燈謎，因為，親愛的周老師，那實在太難了！

早已不去計算自己任教的畢業班數量，許多學生的面容早已不去記憶，卻記得第一堂國文課時說的話。那是語重心長卻故作瀟灑的話語，期望學生以輕鬆心態看待國文課程的話術，「學習國文，就是要學會聽懂別人是罵你，還是愛你。」天呀，這是何其容易，又何其困難的事！聽，是語言工具的應用；聽懂，卻是得涵融多少文化知識、語言符號的深刻理解！

給了釣竿的同時，不能急著塞給他一本《實用釣魚手冊大全》，而是要微笑地看著他，隨他要拿釣竿還是不拿，要枯坐溪邊還是不坐，只要他還在溪邊閒晃，風景自會映入他的眼簾。

等到他拿起釣竿，開始問你這餌該怎麼掛，這竿該怎麼甩，這鉤該怎麼瞧時，做老師的，就會偷偷竊笑著開始接下來的工作，雖然不知要等多久，那釣者才會自動上鉤。

隨著臺灣教育制度的不時變革，姑且不論合宜不合宜，我都一直堅信，沒有最好的時機，也沒有最壞的時機，只有稍縱即逝的時機！學習的最好時機，稍縱即逝，但如果我能積極創造它，是不是就能彌補已逝不回的時機呢？

身為老師，帶著一群又一群的學生走進生命的曠野，有時與古人為友，有時只是滿足於每一顆自轉的星球繼續自轉，老師畢竟不是太陽，更不是宇宙的唯一，而是更早發生的星體，可以證明宇宙迸生的某段時光。我沒辦法帶他們到新店溪釣魚，沒有猜燈謎的元宵活動，也不能教他們拿著剪刀剪補粗心，而是帶著他們鑽進街頭巷尾尋找星球與星球的連結，躺在車水馬龍與車水馬龍之間的林蔭大道寫一首詩，期待學生成為生命曠野的漫遊者，最豐饒的收穫就是無所不在的靈感，而這些靈感，有一天將與自己的人生體驗不期而遇，放進自己生命的文章中，成為記憶的標本。

語文課本的世界其實可以無限延伸，這是身為一名語文教師時的想法，當初還是學生的我，也是一樣的想法。不同的是，今日的我放下課本，打開教室的門，將學生推出教室，創造師生學習的場域，而昔日的我，是那個追隨老師身影的學生，當他們放下教條與身段，推開教室的門，為我展示語文課本的無限可能，我是滿心歡喜地閱讀著，閱讀課本文字的形音義之餘，也與老師引領的世界相互映證。心裡感知的一切絕不會因為文言文的課文而食古不化，也不會因為白話文就理所當然成為走在時代前端，是那個在前方引領我的身影，充滿著自由的靈魂，在每一個可以學習的當下，他們勇於為學生創造學習的機會。

父親明知道我不心儀於釣魚，每每還是給我釣竿，或許也是為了展示那一片我可以自由捕捉的世界。

喔，對了，我的第一本校園文選封面，白底綠字，唯一的圖案，是雙手作揖、謙卑有禮的孔子。而那個身影，也是微笑不語著。

輯三、想像

河邊的風景
南萬華某家
凝視河水
水路
青春彼條街

堀仔頭

1

河邊的風景

幼小的我穿著母親買的紅色雨鞋，小心翼翼走在河岸的泥濘處。

河邊的鼠尾草又開遍眼前的路。

每朵盛開的鼠尾草都有屬於自己的光環，即便是灰撲撲的陰雨天。

而這般熟悉不過的景緻，是我近幾年才發現的。

這是一條臨河的自行車道，自臺灣海峽溯流而上的淡水河河道寬闊，行經關渡向左走便是基隆河。流經社子島旁會遇有幾條轟擾的高架道路，行經其間，蔽天的壓迫感熟悉的穿腦而過，河水的顏色頓時深黝了些，雙腳踩踏的速度也熟悉的加快了起來。一直來到熟悉的雙溪口，天光才開始逐漸恢復，車聲也暫時遠離河岸車道，踩踏的雙腳又再次恢復熟悉的節奏。兩旁金黃的蟛蜞菊和粉紫的牽牛花總是一處一處隨意叢生著，不像鼠尾草，它們降生河岸彷佛是園藝專家的安排，遍撒鼠尾草的種籽，此處、此處與彼處，還有河堤高坡處，這些離河甚遠的整齊車道因著鼠尾草秀氣的光環而靚麗紛陳，河邊風景的屬性呈現著城市公園的偌大規模。

人類進化的風格總是如此，歷經縝密規劃，一切很美、很整齊，但總少了些超乎預期的野性。

鼠尾草迎風搖曳的模樣甚是可愛。鑲著光環的臉龐頻頻點頭微笑，讓人忘卻這裡曾是雜草叢生的河堤。自從數年前開始騎鐵馬，從城市極北方進城中央上班，我喜歡偶而過著依河而行的生活。那是一種對古老時間的想像，想像百年前的人們並沒有方便的車輛，也沒有四通八達的馬路，除了徒手開出可堪翻山越嶺的古道外，河上風景便是日日通行的常民路徑了。每當走在城市中心，不時遇到的一些古老建築，有些建材是唭哩岸石，有些來自內湖金面山，一顆顆重碩的石材能夠自城市邊陲運送到市中心，靠的就是自河的彼岸乘船運抵此岸，然後再乘一牛車，慢慢運至城市中心。不論是清朝時期府城城牆遺址，或是日據時代的幸町教會，爾今臨石懷想，每一顆石頭都有屬於自己的時代光環。

即使今日的河邊已不再是一批批運送貨物的渡船口風景。

歷史的黯影依然掩飾不了記憶的光環。河邊的風景就這樣隨著我的鐵馬足跡，一一輪轉了起來。

從海拔三千五百二十九公尺的新竹縣尖石鄉品田山出發，淡水河系餵養著沿岸諸多城鎮，老天恩賜雨水的豐沛造成河水終年潺潺不絕，但也必須透過人工治水措施來杜絕不斷的水患。小時候的記憶裡一直有著傢俱漂在水面，一家人躲在雙層床鋪的驚恐畫面。曾幾何時，來到瑞芳，眼前正是員山子分洪道，這個與強颱新聞一直同時出現的專有名詞，是基隆河極重要的治水風景，洪水來襲，默默將百分之八十的基隆河水分流出東海口，拯救著臺北盆地免於澇災。那古早時期自四方來此建立墾區的墾民，那自雞籠、葛瑪蘭行船至臺北盆地運送貨物的商人，還有那些為了一圓黃金夢紛紛來此渡船口的常民百姓，他們口中熟悉的柑仔瀨，現在的瑞芳，依河而居自成桃源，行船、採礦、淘金的陳年往事雖已過去，因著一條河的沿途風景，與這片土地上下游的居民依然共同創造屬於河的故事。

一條河串連的不只是地名的沿革，更是常民生活的諸多記憶。至今仍然無法忘懷記憶最深處的那條路。那是一條蜿蜒的小路，沿著路邊開滿了金黃色與純白色的菊花。幼小的我穿著母親買的紅色雨鞋，小心翼翼走在河岸的泥濘處。記憶裡的父親背影不時地回頭看著我和弟弟，那張臉龐雖然非常模糊，已隨時間退得好遠好遠，但那綻放的笑容依然明亮，無論雨晴，也鑲著鼠尾草般熟悉的光環。

記憶裡那雙大手還是一樣的清晰，彷彿可以望見那如一條條水域的掌紋，隨時準備好要一把拉起摔跤的我們。

走到菊的盡頭，就是那條故鄉的河了。

記憶裡的河也是蜿蜒而寬闊的，小小年紀是看不到河的彼岸，水勢洶湧的模樣也叫人望之卻步，只敢在菊田裡來回穿梭。也許是只顧著眼前菊田的風景，也許是不曾想過身處一條河的此岸，必定有對望著我們的彼岸，記憶裡的河永遠只有一邊，有盛放的菊花田，有我和弟弟歡歡喜喜的身影，有父親隨時都在的笑容。

記憶的河岸離我們好近好近，好像河水隨時可以親吻著腳踝。走過一畦一畦的菊田，高大的父親就坐在記憶裡的大榕樹下乘涼，他的影子好長好長，彷彿沿著河邊的青草可以一直蔓延至河上游。沿著沒有堤防的河岸，父親常帶著我和弟弟就這麼走呀走著，走著走著，肚子餓了，就跨過一大片的菊田，三個身影穿過長長小巷和三角公園，一起走回溫暖的家。

長大之後纔知道，這條和我很親很親的河是有個名字，叫做新店溪。

記憶裡的父親都是帶著我和弟弟沿著新店溪右岸走向城市的南邊，那裡曾是日據時代的南機場，也曾是處決犯人的煉獄場，小時候不懂，長大後纔知道，每條故鄉的河流流過許多大時代的故事，這些故事，居然默默牽繫著自己的成長。

成長的河流，曾經的野性。都默默流入自己的故事。

新店溪流至江子翠後便與大漢溪交會，改稱為淡水河。走在位於城市北方的淡水河，熟悉的觀音山慢慢退到身後的河邊風景，則是最近幾年才發現的事。

長大後的河邊風景非常不同，年邁的父親已不再帶著我沿河行走，美麗的菊田也因興建河岸堤防而不見蹤影，來到河邊的時光成了旅遊規劃的步驟。淡水河波光粼粼的模樣像是既嫻靜又好奇的女子，能呵護你的時候，她總是不忘記迴繞你身邊對你訴說幾句情話，然而，當你以為她就從此屬於你時，她，又毫無顧忌的向大海奔流而去。那是一種很遠又不遠的關係，不像親子之間那麼密切，有時騎車經過，有時騎車離開，陽光下的路標一清二楚，指引你，同時也禁止你，深怕你不安全，更深怕你滅頂。因為如此，沒有泥濘，當然，也沒有濕漉漉雨鞋的腳印，河水也沒有機會流到腳邊。

僅僅就是一條流經這座城市的地圖河。

那些兒時河邊泛起的層層菊霧，以及霧間風景隱隱透出的光暈，存在記憶的彼端一直無法散去。河與岸，與我的紅雨鞋，三者之間也一直是模糊不清的。有時一腳踩進記憶的河邊，泥濘的深陷感至今仍在。灰藍的河水正好流進我淺淺的腳印，水窪正好弄濕我的紅雨鞋，雨鞋也正好弄亂了河與岸的邊界，一時興起，玩起水窪子的雨鞋腳印愈來愈深，與河的距離也愈來愈近，記憶裡的一切依然正好，一切有著自己的節奏，河水依然那麼的活潑，那麼的富有生命力，足以將我與記憶承載得好遠好遠好遠。

不像現在騎著鐵馬經過的河岸，一切的一切都分辨得好清楚，腳踏車道的兩旁種了美麗的鼠尾草，當然是捨不得踐踏進去的。而鼠尾草的彼端則是鋪了柏油的人行步道區，離河是更近了點，但總有高高的水泥堤防將蜿蜒的河岸，以及叢生的高大蘆葦隔了開來，沒有人會跨過河堤、深入蘆葦叢走向河岸，因為警告標誌高高豎立著。

這座城市不知何時開始強調著盆地性格，陸地四周環繞著可以縱走一圈的美麗青山，我們被環抱著、呵護著，也自我中心著，卻不再隨意提及那曾經依河而生的水城記憶。

有著幾條河流流過身旁，這樣的生命故事擁有溫婉的，也是流暢的敘事性格。每段生命的歷史，有一條河流靜靜訴說著故事，河水的風景，河岸的風景，都可以有哲學性的源頭，以及寬闊而感性的出海口。

想起一直徘徊心裡的一部電影《生命之詩》，故事的開始就是一條汩汩而流的河，故事的結束也是。站在橋上的人，反而是配角，走過的人依然存活，停在橋上的人彷彿聽得懂河流的話語，那一去不回頭的憾恨，那無法言說的痛楚，彷彿只有河流能懂。橋上的人呢？如果聽得懂河流的語言，一切的生命秘密都知道了，也無憾了。

河邊的鼠尾草在夕陽下閃閃發光。每年的春夏之交，它們總會依約的開遍一整個河濱車道。這已是我再熟悉不過的河邊風景了。沿著車輪滾動的規律動作，鼠尾草也優雅的隨風招呼著，輕盈地向我搖著可愛的尾巴，像是在對我說：「歡迎回家，親愛的家人。」

這是在異國旅遊不曾有的體驗。

泰迦河從葡萄牙里斯本出海，我在暮春時分沿著河邊騎車，陽光仍有些涼意，河畔沙地上已經簇擁著許多晒著日光浴的白種人。十五世紀末，葡萄牙航海家達迦馬從這裡乘著夢想出發，大西洋沿岸四處是他的故事，來到這裡的我有點激動，尤其是無意間吃到葡萄牙在地美食時，那濃濃的印度咖喱味居然流入舌尖。我想，有些記憶真是得靠食物得以流傳，而流傳的方式就是靠著無邊的海洋，以及流經人們生活的河流。那長在生活日常的食衣住行，不是旅行他鄉短暫的經驗和悸動，是不知不覺地融入生活中，讓血脈裡長出這樣的味道，於是代代相傳，成為記憶的鏈結網。吃著充滿印度咖喱香的葡式點心，騎在美麗的泰迦河畔，一步一步地聯結著世界文化的演變史，河上帆影點點，摩爾人留下來的中世紀建築雄偉矗立岸邊。這一切非常完美，他們滿足了我美學上的饗宴，無論是建築、美食或是城市規劃，這些都遠遠超出我的家鄉，我行走其間，陌生的風景成為我急欲吞噬的場景，我貪婪地注視，卻無法言語，只能用相機拍下成為記憶的倉庫。

陌生的風景裡有陌生的人群，我其實可以享受這樣的寧靜，在陌生的語言中。

我可以因為全然的無知而安靜。即使悸動，我知道，那是屬於歷史知識印證上的悸動，安靜，因為那是屬於異國常民的故事，身為旁觀者的我，少了愛恨情仇，美麗的泰迦河畔、塞納河畔和萊茵河畔，即使記憶裡的風景充滿浪漫的光影，我仍像讀著書上的文字，聽著領隊專業的介紹，闔上書本，下了飛機，記憶的長影走不到我生命的極上游。

這在家鄉全然無法領受。

不管沿著基隆河、新店溪或是淡水河騎車，離河愈來愈遠，那是島嶼政策，長期以來面對河水氾濫的結果。河岸多興建防坡堤，即使沒有防坡堤的河岸，也會以消波塊或是以水泥加高河岸的方式隔離泥濘與人跡。於是，騎車在河岸，比較像是與河岸互不相干的兩處風景，人們可以在河岸加蓋的空間進行活動，唱著卡拉ＯＫ，下棋、打羽球或打籃球，很熱鬧的河岸風景，唯一沒辦法做的，就是親近河。

身處城市的河邊風景，不能玩水，不能臨河，不能與河水的流動速度一較快慢，這難道不是一種失去野性的遺憾嗎？想起乘著遊船，穿過塞納河一座座美麗的石橋，聆聽導遊對每座石橋浮雕故事的介紹，從陌生到熟悉，貪婪到恨不得一一搬回自己的家鄉。而今記憶裡的熟悉感只剩驚嘆建築物的美學，其餘的河邊風景，都因匆匆去留而缺乏情節的人性發展，記憶成了一張張泛黃明信片，片段而平面。

愛恨情仇，還是根基於自己居住的城市。

一座座轟隆作響的橋梁跨河而居，不具設計感只具運輸功能的橋墩矗立河上，不能乘船穿橋而遊，代之而起的是隨時停下奔馳的鐵馬，駐足欣賞一朵朵鑲著光環的鼠尾草。一隻隻白鷺鷥、黃喉鷺、水鴨、樹鵲熱鬧穿越河岸的身影，這些熟悉的風景，柏油自行車道清楚的線條，還有那些遮蔽河岸風景的堤防光影，慢慢在時間之河劃下深深的長影。取代了一張張異國的浪漫河岸風光，也取代了兒時那些美麗的菊花田，那些一去不復返的快樂童年。

家鄉的每一座橋，神秘的連結著自己的成長故事。原來說出的故事都會經過一座橋，騎在每一座橋上，眼前經過的是煙囂，耳邊竄進的是轟隆隆的車聲，踏著一步一步的是前塵往事，是那個白衣藍裙，那個追趕時間，那個熟悉鼠尾草光環的自己。

每一處充滿著發現，而非創造的河邊風景。

2 南萬華某家

原來，「加蚋仔」就是我童年的所在。

那是一個沒有太多聲光娛樂的年代，每天放學寫完功課，除了約鄰居小朋友跑到河邊玩水外，週末只要沒事，我們一家四口都會散步到東園街或是中華路看電影，晚上則圍著電視看三台聊天吃零食，到了周日就往郊外山區走走。所謂的郊外其實也僅止於北部幾個偉士牌摩托車到得了的地方，例如忠烈祠、圓通寺或陽明山之類。當媽媽說她家事忙完可以出門時，我們一家四口才會選擇公路局的站牌景點，例如野柳、金山、萬里等地。

還是孩子的時候，爸爸喜歡在假日清晨騎著他的偉士牌摩托車，載著我和弟弟到各處看花。

爸爸喜歡種花，所以會要我們陪他到陽明山苗圃走走看看，遇到喜歡的花種就會順便選購回家。苗圃的花多為家庭院子或公共場所常見的植栽，花朵顏色常常是令人賞心悅目的繽紛多彩，帶回家栽種也不需要大型的庭院，只要一抔土加一個花盆便足矣。家裡擁有僅數坪之大的公寓型陽台，勉強供洗衣曬衣之用，但是爸爸會挪出一方空間或以外搭花架的方式來構築自己的空中庭院，熱熱鬧鬧的種了各式各樣的花種，如臺灣常見的杜鵑、山茶、玉蘭、茉莉、玫瑰、月季、還有九重葛等，他都種得絕不輸專業園丁，安然自足的人生態度也逐漸在具體而微的花花世界裡萌芽。

每當花季來臨，在爸爸細心的照顧下花兒都能依序開放，各自呈現不同姿態的笑靨。

每天一早起床還來不及吃早餐，淡淡的香氣便隨風而來，爸爸早已經將他心愛的盆栽一一澆好了水。牽著爸爸的手一路走到學校，和他揮手道別，我喜歡嗅嗅指尖，淡淡的青草香是爸爸的味。

每當歲時逐漸走進秋季，爸爸會一一剪去蔓生枝枒，翻土施肥以待來春。我喜歡欣賞庭院前爸爸培育的花花草草，但總不捨一花一木在我們遽增的年華間依序落盡，才一轉眼間，怎麼春夏的豔麗風景就要匆匆換成秋天的淒冷呢，真是好捨不得！喜歡跟在爸爸身旁看他在寒風中整理枯枝殘花的模樣，明明是收拾秋天剝落凋零的殘局，爸爸恬然的笑容卻讓整個季節增添一種來春發芽前的神祕。

這些即將逝去的美麗青春，默默繼續上演屬於自己的生命故事。

小時候的我是看不懂的，看不懂流光的萬千模樣，不懂他們催磨在花草樹木與一個老人身上的力量到底有何不同。在我看來，這不過同是屬於老式戲院式的晚景凋零。花草落入塵土，老人髮禿齒搖，彷彿一個個走過繁華世代的戲院，剝落的磚牆傾圮的梁柱讓人無法不眷戀曾有的熠熠光彩。再精采的手繪海報還能吸引昔日車水馬龍的人潮嗎？塗著再厚重的油漆，也無法掩飾歲月侵襲木板座椅後的斑駁刻痕。

遠方的山巒，不也因秋天陰冷空氣的降臨而自然衰弱孤寂嗎？

長大後歷經親人的生死永隔，似乎開始有些明瞭死亡在這片大地的意義，明瞭爸爸一大早起來照顧小花小草的堅持。

學習閉上眼聆聽秋天的聲音。

榕樹枝頭鳥雀的輕啼。果實墜落入土的嘆息。新生與死亡的交界點其實不太容易聽得清誰是誰的過去。

新生與死亡的矛盾心情，從小孩到成熟的每個現在。新生是喜悅，而死亡，卻讓大地顫抖；走在秋天的花圃，可以觀望死亡的腳步逐漸靠近，從自然中靜靜學習，如何從葉落凋零的慢動作中，與青春的花叢揮手道別，如何與來春的含苞保持思念的距離。真正聽到大地的歌唱，來自對生命的頌讚與死亡的驚懼。一切終將枝剪葉落，生命必至歸零。

爸爸說：草本植物雖有花期，但花盡葉落，來年若想再欣賞美麗的花，就得勤於修剪按時施肥，否則一季開完就可能會枝枯葉落不復擁有盎然的花意。有些花真的就只能開這麼一季，花季已了，繁華也將委地成塵土。

爸爸說，爺爺奶奶常州的院子裡種了好幾株木本植物。一株根植大地的木本植物，歷經春夏秋冬依然堅韌其性。不是花季，依然擁有大樹的挺拔枝幹。

只是那時還小，爸爸的記憶裡除了面目模糊的參天綠意外，他叫不出任何一株樹的名字。但是大姑姑住在臺北大安區建華新村院子前的大樹，他就再熟悉不過了。

爸爸出生於中國南方，八年抗戰上海成為淪陷區，當時的他還是一個賴在母親身邊的么兒，中原持續戰亂讓他隨著家人逃難昆明大後方，爺爺奶奶用罄家產只為孩子能保命，換了三張船票。隨大姑姑大伯父來臺灣的爸爸，不過是個初中畢業沒學過注音符號的少年，天天淚眼盼望著回到常州家鄉與父母團圓，殊不知海角一隅終成他成長的搖籃。臺灣親愛的故鄉，讀書成家落蒂深了根。

這是一塊完全陌生的土地，不知名的山巒聽不懂的語言，到了夜晚更加苦楚，村子裡油油亮亮的榕樹是爸爸最早認識的臺灣樹。爸爸常一個人爬到粗壯的樹幹上看著遠方的山巒，我想爸爸是那時候和這樹結下莫逆情緣吧？一個在戰亂中出生的孩子，年少歲月處處伴隨苦難的陰影，離開父母落地臺灣，移枝的樹種若非親人悉心的呵護，土壤本身不夠肥沃，如何能順利企及天空的廣闊呢？

爸爸說後來才知道那年少時喜歡仰望的山巒就是陽明山，而讓他不再寂寞的樹，其實就是這座城市最常見的樹種。

現在的大安森林公園擁有多樣生態的自然環境，走在一片綠蓊蓊的都市心臟，很難讓人想起這裡曾蝸居著數百戶國軍及其眷屬。多年前的秋天，爸爸來我任教的學校走走，他說想去鄰近的大安森林公園找找那棵陪伴少年的大榕樹。我心裡想：老爸呀，這哪還能找得著呀？不忍澆熄他懷古幽情，我倆還是興致勃勃的散步到新生南路清真寺對面的側門。爸說：從這兒進去就是以前眷村的大門，再往前走一方小廣場的直徑，約莫就是大姑姑的家了。走著算著，一步一步，爸爸沉默著若有心事，我也逐漸回想小時候和爸爸回大姑姑家玩的光景，門前的樹我記得的是會結好吃果實的楊桃樹，還依稀想起有一個不大的廣場，中間是有株我叫不出名字的樹，那樹幹好大好粗，樹蔭深深下有一個全村共用的汲水幫浦，我和四個表哥表姊常常跑到樹下玩水，此起彼落的麻將聲，村內柑仔店的收音機聲，大姑姑呼喚我們吃飯的聲音……。

走到一株大榕樹前爸爸停了下來。就是這一棵了，爸爸肯定的說。

可是周圍還有其他的榕樹呀，老爸，怎麼就確信您爬的是這株呢？

爸爸只是要我仔細端詳這株和其他榕樹有何不同。

粗壯糾葛的氣根，繁茂多枝的樹身，鳥兒在結滿果實的樹間穿梭、覓食，四周榕樹看來都擁有一個樣的粗壯氣質，但是這株深植爸爸記憶深處的大榕樹就是擁有特別粗粗的腰，壯壯的手臂。

人長大後看舊時景物自然覺得怎麼變小了，唯有爸爸，一如榕樹，愈發蓊鬱向天，隨著年齡日增，爸爸的形象愈見高大。只是，那流光在爸爸身上留下的修剪痕跡，卻是一天比一天明顯，那軀體已如此不堪一擊。

最近爸爸想要買雙球鞋，「以前的鞋都大了！」爸爸說。

以前爸爸身體還硬朗的時候，一大早起床，套上球鞋就開始上午的活動。先是穿過四線道萬大路往青年公園走去，公園旁的清粥小菜是他的最愛，老闆娘見到爸爸，二話不說就先端上一碗熱騰騰的地瓜稀飯，然後再送上一盤魯白菜，一碟豆瓣清蒸魚。爸爸時常將老闆夫婦的創業故事挂在嘴上，話語間充滿著對夫妻公職退休二度創業勇氣的佩服。

享用一頓滿意的早餐，是爸爸活力的泉源，能夠和熟悉的鄰里朋友聊上幾句，也是爸爸最感趣味的時光。爸爸的朋友還有青年公園裡的叔叔伯伯阿姨們，雖然他聽不懂閩南語，坐在涼亭聽歌仔戲可是聽得津津有味，還可以一起哼哼唱唱，想想爸爸實在很有語言天份，當個少尉砲兵翻譯官，至今英文還能琅琅上口。

沿著步道走累了，爸爸會找個椅子休息，旁邊不管是認識不認識的都能聊上幾句，有的是退休的將領，有的是帶孫子的阿嬤，青年公園到處都是鄉音，爸爸的鄉音是江蘇，不管出生何地，一大早來到青年公園，這裡的方言都是「孤獨」，說上幾句，都能毫無掛礙，互通情意。

爸爸的散步路徑首先會經過一座溫室花園，然後來到羽球場和網球練習場，不遠處是兒童遊樂場，昔日洗石子的溜滑梯早已被新穎的遊樂器材取代，如果走累了會在花鐘前休息一下，然後再穿過游泳池、高爾夫球場，在國興街出口完成晨間散步。

現在的爸爸，只能在樓下的公園走走了。鞋子的尺寸小了，身體不如以往，陪爸爸到離家不遠的東園街鞋店選購，附近的米店是小時候買米的所在，百貨店是選購制服的地方，走進位於「店仔頭」的東園市場，就能備足了一週的糧食。爸爸沿著熟悉的街道，向認識的商家頻頻招呼著，想起小時候並不需要時常前往所謂的「城內」，在一條東園街內就能備齊所有的日用商品，儼然大臺北地區的小社區，安靜純樸，一如城市邊陲的鄉里。

這裡是南萬華，以前稱之為「加蚋仔」，更早稱之為「雷朗社」，居民多是凱達格蘭族、福建永安一代的移民。

為了念書，舉家搬來東園街，下課回家的路上隨處可見泡豆芽菜的店家，大雨過後的翌日凌晨，水溝裏常游著不知從那裡逃跑的土虱、烏鰡，青山宮繞境之日，大街小巷的幸福自足都一一連線沸騰了起來！

小時候爸爸常帶我們姊弟倆到新店溪畔玩耍，一望無際的花圃，美麗的黃菊花紫紅菊花，讓愛蒔花的爸爸留連忘返，下班回家總不時提了盆花回家，可是老實忠厚的他，情人節的第一盆花卻買了不老絨布紅花，母親也只有相視而笑。

小時候，我住的南萬華，不知道為什麼這麼特別，直到自己開始關心他人的鄰里故事，才回望自己的童年記憶，原來「加蚋仔」就是我童年的所在，那臺北盆地的第一處活泉：「窟仔頭」，就是浸泡豆芽菜的故事源泉，雙園區，清朝時期這裡滿滿都是我最愛的茉莉香！

曾是大渠的西藏路，彼端可通繁華的城中區，也就是父母口中的「城裏」，而今交通是便利了，時間卻已老朽。多麼希望現在的我是小時那個在東園街「恒昌書店」、「復興戲院」、「大觀戲院」散步的孩子，這樣一來，我一定會一直拍照一直拍照！可是，當時的我怎麼會知道，這些日常，有天竟然不見了！

3

凝視河水

我想念他們，我來到河邊，一切彷彿昨日，記憶的軸線沿著河水流動的方向劃出一條長長的線。

沿著基隆河、淡水河、新店溪，溯游而上，我從北投來到了新店。沿河騎行，手機下載了實用APP，閃亮亮的螢幕隨著我的行跡逐漸畫成一條長長的線。

從父親偷偷放開我的腳踏車後座，將我推向一個人的康莊大路，爾後的摩托車、四輪車、捷運呼呼地從盆地深處竄出，我在這座城市移動的愈來愈熟悉，也愈來愈迅速，迅速到無法接受緩慢的抒情，緩慢的曲折。我看著這條與河道平行的線，愈來愈長，也愈見蜿蜒。不僅顯示我一路是沿著臺北盆地的主要河道前行，更顯現著與平日迥異的生活足跡。生活在臺北盆地，工作在臺北盆地，許多青春的故事發生在臺北盆地，它們的發生、經過與遺忘，A地到B地，我早已經習慣時間衡度距離，以為選擇最快捷移動的依據。

A地到B地，Google 地圖清楚標示最快到達的時間，最快的到達，最快的聚首，最快的分手與遺忘。

我忘了A地到B地不只是直線，在這座城市，還有那曲折蜿蜒的河道生活。

河水其實是與我反方向而行，它早已從雪霸國家公園內的品田山出發，河幹流長一五八點七〇公里，當經過新北市板橋區的江子翠後，大漢溪與新店溪流匯流，呼稱為淡水河；到了關渡，淡水河便納入基隆河，向北流向淡水油車口，浩浩蕩蕩的注入臺灣海峽。我沿著它的過去溯行，而它從我出生的加蚋仔奔流而下，流經我的腳下，我們奔向彼此，走著相反的路。

曲折蜿蜒的風景，那是我久違的青春。

一如先民行船交通，在不同的地點，他們以不同的名稱呼喚河水，匯入新的活水之後，此處自然便有了另一個名字，流著流著，和下一處河岸的人家呼喚著另一個名字，直到下一處轉彎處，與另一條河道不期而遇。另一個名字再度記載於盆地地圖上，水紋的記憶也自然有了新的註記。

直到匯入大海，一片蔚藍。

我沿著河岸順利到達ＡＰＰ設定的目的地。

河岸邊不時會出現所在位置的名稱，右岸，左岸，那依然是發源地的視角，剛好與我溯游而上的方向相反，我得習慣，不是以我的來處看待我的現在。每一條河流都有它的來處，都有它的歸途，朝著它生命前行的方向，兩旁經過的風景都成為它的一部分，包括我，不管往來的遊人是如何面向自己的旅程，若要知曉河岸的名字，只要順著河流的方向，以河流之眼凝視河流，便知身處何方。

我騎著鐵馬，河水就在我的腳旁自顧自的奔赴，一去不復返，粼粼的波光輝映著晴空的白雲，河水安靜的順勢而流，我不知道自己身在何方，以為自己是那女子，剛卸下母親交代的貨品，收了微薄的貨款，買了點日用品，正乘著一艘船，準備回到瀨河的家居。

我不知道身在何方。沿著河水安靜的走著走著，像走在時間的軌道上，凝視著自顧奔赴的河水。忽然看見河岸沙洲處有一對父子正在垂釣，綠油油的芒草間，兩個人安靜地守著釣竿，我想去喚他們，想問他們今天回家給媽媽煮的魚釣到了沒？那身影如此熟悉，彼時父親和弟弟並肩釣魚就是這個模樣，還記得我不喜歡釣魚，只喜歡沿著河邊撿石頭摘野花，遠遠的看著河岸處，他們守著釣竿滿心期待的背影。

我不知道自己現在幾歲，河水潺潺的流著，父親和弟弟的背影永遠停留在新店溪右岸。

也許他們不會再一起釣魚了，年華的逝去，他們有了各自的轉彎處，順著自己的坡道，各自去到不同的風景，也有了不同的名字。我想念他們，我來到河邊，一切彷彿昨日，記憶的軸線沿著河水流動的方向劃出一條長長的線。我沿著河岸繼續走著，我沿著記憶的軸線繼續走著，自河裡一躍而起的魚，此起彼落的翻舞著，依然是記憶裡那條生機無限的河流，依然是我肉眼無法看盡的神秘河流，父親常帶著我和弟弟親近的這條河流，坐在河邊的我們，並不知道數十年之後，我們不會再一起來到河邊，不會臨著河，看著父親用一根釣竿潛進深深的河底，不會一起將所有的期待放在一根細細的釣竿上。

我也永遠不會知道，河水是否默默地將我們的記憶潛進深深的河底，期待有一天當我們憶起了它，回到河邊，躍出河面，與我們相遇。沿著時間，慢慢的流動著，來到不同的轉彎處，我們有了新的名字，和魚一起游著游著，直到匯入了大海。

記憶的軸線，沿著河水流動的方向，劃出一條長長的線。螢光幕閃閃發光，

APP不懂彼岸此岸，沒有來時與去處。

4
水路

放眼望去，天空與地面之間穿梭著轟隆轟隆的捷運車廂，疏運人潮的城市交通四通八達。我們步行其間，如何拼湊出一條又一條昔日的水圳河道呢？

你微笑看著水圳，告訴我這個女孩是你的初戀，你倆從幼稚園就是同學了，上了學區的國小，因為是鄰居，所以又分到同一所小學。六年同窗，個子也差不多，所以常常坐在一起。下了課女孩會等你，說是需要你保護，所以你們就會沿著學校前面的大排水溝一路走回家。

「你們的大排水溝很令人懷念吧」，我說。每天沿著這條大排水道並肩回家，聊心事，聊功課，女孩不太愛說話，但是很喜歡聆聽。你說，記憶裡的整條路上都是自己的聲音，還有，她微笑的弧線。後來你們念了不同的學校，有時一個人走這條大排，「哈哈，水很臭噢，我居然都不覺得！」你說。

後來我們結束這條水路的巡遊，你寫了這條大排水溝，和我帶你走的水路完全無關。

我是一個語文與文學創作老師，常常必須面對學生沒有靈感、缺乏生活經驗或是成長記憶一片空白的說辭。

「老師，我沒有靈感啦！」往往你和同學們丟下一個大大的驚嘆號之後，接下來若不來個白眼相對，就是準備拿出手機或是趴在桌上夢周公了！看著你們貌似痛苦又無奈的表情，不管是真情還是假意，直覺這種表情絕不適合出現在青春洋溢又充滿希望的你們身上。這樣一片空白的腦子如果可以影像化呈現出來，難道真是什麼都沒有嗎？歷史湮沒的遺跡都可能留有任何生活的蛛絲馬跡，看似寸草不生的地表，誰知道地表以下卻可是另一頁文明燦然的古老故事？

「況且，一個人心底真的沒有靈感可尋嗎？靈感只會自己從天而降嗎？」我問了你，你只有沈默無奈的看著我。

還是，腦子太習慣單向的 **put in** 學習，期待老師速丟食物餵養，被動吸收比較省事？這些以為地表一片荒蕪的人們呀，每一個腦子裡蓊蓊鬱鬱的茂密叢林和宏偉斑斕的馬雅文明，正等著我們逐步抽絲剝繭，上下追索。當手指觸摸地表土壤的一刻開始感覺潮溼，當前方荒蕪處竟有一處古老的伯公廟，親愛的你和同學們，你們的記憶某處是否也開始隱隱作痛呢？

等著餵食的寵物們而言，什麼時候開始不懂如何主動獵捕密林裡的食物呢？知道什麼是 put out 嗎？該怎麼帶著你們回到太初，那一片初生的自然叢林，找回你我天生的本能感覺呢？什麼是河水的源頭？什麼是引水而生的阡陌水圳？什麼是自己記憶深處那隱隱作痛的萬千風景？

來，讓我們來到溪水邊，喝水。抬頭，你聽，那窸窸窣窣的騷動聲，會不會是是前方可能有的生物軌跡呢？

水鹿們睜大眼睛，以為自己只是草原的一部分，完全不動，這樣獵人一定就看不到自己，不會變成盤中飧。水鹿們，你們太過於相信自己的直覺，說自己是草原不動的一棵樹，就真的會變成獵人眼中定住不動的一棵樹嗎？

獵人就是看得見你，親愛的你，在一片廣袤的草原上，如果你只活在自己蒼白的想像，只佇足原地不動，以為世界也會隨著你停止轉動。殊不知，這世界還是會照常運行，獵人的子彈還是會隨時出膛，取命只在一瞬間。

那天說要帶你和同學們走這座城市的前世，尋找一條條古老的水圳。你們睜大了眼睛，位於臺北蛋黃區的校園，附近除了天價的高樓和絡繹不絕的交通阡陌，哪裡來農業時期的水脈呢？我費了好大的唇舌，除了向你們介紹水城臺北悠悠的歷史外，就是不告訴你們接下來的兩小時課程會在哪裡與水圳相遇。只能告訴你們，我們會經過新生大排、霧裡薛圳與瑠公圳，其餘的一切請靠自己去發現線索，拍下來，自行連結，以作為寫作的素材與靈感。

帶著你們從校門口出發，眼前是我們再熟悉不過的車水馬龍，「怎麼在尋常風景裡找尋先民遺留的生活足跡呀？」聽出你的口氣透露著些許的恐懼和不安，還夾雜著走進陌生領域的慌張。「老師，明明都是瀝青柏油鋪成的道路，哪來的水路呀？」「不要急嘛，這挺有趣的，不是嗎？」我自以為有趣的說，這裡不是你最熟悉的生活市街嗎？怎麼頓時都與你陌生了起來？

原來這會兒我們都一起跳進了陌生的時光隧道。

眼前看到的所有一切，也許都是時光層層堆疊覆蓋的模樣。此刻的我們就像個考古學家，只是用不著金屬探測儀、光譜儀或是航空遙感來尋訪歷史，而是透過我們的想像與觀察，讓歷史在現世的腦袋裡一一還原。

甚至，我們可以學習在歷史與現世的交錯間慢慢生活，調整自己的步調，並且與忙碌便捷的科技文明紛然並陳。

我們即將經過的水圳也是如此繁複又單純，它們的源頭來自不同的河水，各自引水，沿著不同的梘橋與圳道流入臺北盆地。有時會在小徑某處相遇，彼此上下交錯，然後又各自沿著不同的坡道汩汩而前，繼續擔負起灌溉生靈的使命。

結束了水圳與盆地的介紹，便帶著你和同學們走出校門，這一堂寫作課也正式開始。

學校的日治校區名稱喚作「芳蘭校區」，亦有雅稱為「芳蘭之丘」，「有人知道『芳蘭』名稱的由來嗎？」，看著你和同學們，一如預期的頓時鴉雀無聲。看來你們沈默的回應正是我打開時光機的最佳時刻。「地名記載著時光的軌跡，也許人事全非讓我們無從追索，但是只要地名還在，故事就可以繼續說下去。」身為老師，繼續描繪寫作地圖上可能的書寫標記，期待你和同學們能自由揮灑出屬於自己的創作地圖。

我一一點出標記知識的源頭。

接下來就要靠著你們自己繪測地圖。

原來清朝時期落居蟾蜍山下的陳姓人家，曾是艋舺船頭行「芳蘭記」的雜役，刻苦勤儉工作，來到此處購建了自己的厝。引了水圳，灌溉自己的田地，便取名為「芳蘭大厝」，以為飲水思源。而今蟾蜍山下早已尋不著農家生活，但是記憶著先民生活故事的地名，正是為我們打開時光隧道的第一扇門。

水圳故事既然開始了，到底哪裡才是昔日水圳經過的地區呢？放眼望去，天空與地面之間穿梭著轟隆轟隆的捷運車廂，疏運人潮的城市交通四通八達，我們步行其間，如何拼湊出一條又一條昔日的水圳河道呢？那些水上人家曾經是過著沿河而生的日子，是如何藉著船隻與石橋互通有無呢？我沿路收到你和同學們不同的詢問，心裡滿滿是竊喜，把你們引了出來，像鑿穿一個個的引水石硿，也鑿穿了你和我，甚至是每個人生命裡不同的時空隧道。引水灌溉，我們是二十一世紀的陸上生物，我們鑿出了一條條水源，我們也能依水而生。

依靠小小的雙足，我們轉進小巷弄，來到一處極不起眼的道路邊界。

就在與一處民宅圍牆接縫處，裸露著一小塊石橋橋墩，它不知蹲踞了多久，默默透露著昔日水圳經過的證據。是的，我們正是緩步爬坡順勢來到這裡，水圳曾經也走到這裡，然後從這座石橋下悠悠流過。然後，順勢流下，繼續朝著錫口方向前進。

我和你們一樣，都在這座城市生活，在看不見的歷史裡上下追索，如今憑著手裡的日治地圖，想要回溯先民依水生活的蛛絲馬跡。「老師，為了找尋靈感，我們非得要古今四方的上下追索嗎？」你跟在我的身後又氣又累又無奈。我無法對你說為什麼我們要尋水路而行，我只是好奇，你的靈感來了嗎？你的時間感有沒有開始錯置般的慌亂與不安呢？

這一切，知識與資訊已為我們建構源頭，創作的旅程才正開始呢。

空氣中開始飄散著泥土、水田與濕漉漉的味道。

我們沿著水田旁邊的水圳走著，走到長長的辛亥路彼端已經有點累了。我們還要走到辛亥路與溫州街交錯的十字路口，來自霧裡薛溪（景美溪）的霧裡薛圳到了此處分為九線，往後還要步入盆地，通向九處不同的生活領域。

「為了搜集寫作資料，我們一路尋索，試圖拼出城市裡的水圳生活，可是我卻想起了小時候自己走過的那條溪流，老師，這樣是不是離題呢？」你對我說。

你一直跟在我身後，口裡不時變換著不同的流行曲調。剛唱的是你小學流行的歌吧，我說。你掐指算了一下，對噢，小五，那時剛談戀愛。你說。

走在僅存的水圳邊，約莫兩公尺長，水圳有美麗錦鯉，爬上石頭曬太陽的烏龜，還有綠油油的水草，附近有一處處文青咖啡店，居民喜歡來此地散步聊天。其他的同學們也開始聚集閒聊，你依然繼續我們剛剛的話題。你說你其實很想知道她過得好不好，雖然其實你們在升上國中後就逐漸失去聯繫，「但是，這份關心一直還像一根繩索般緊緊牽繫著我和她。她也會感受到嗎？我不知道。但我就是不斷地想起一些我們一起交換秘密紙條的往事。」你低著頭說。

看著腳下斷斷續續的圳道，露出地表的部分沿著民家的牆垣靜靜地流著，我的這堂課是地景走讀，沒有課本的兩小時，你和同學們手拿著一張日治時期的水圳地圖，穿梭在和平東路、辛亥路、汀州路與新生南路之間。有時經過路面緩降的坡道，道路兩旁高樓大廈各自展現著華麗又時尚的門面，櫛比鱗次的提醒著我們這座城市地價昂貴又獨步全國，富貴之氣充溢著這座城市的蛋黃區，路面時而陡降又陡昇的模樣其實與這一切的文明極度違和，為什麼我們卻渾然不知呢？

「老師，這條路究竟延伸到哪裡呢？」你抓著頭看著我。你說，實在很難想像這裡曾喚做「九汴頭」，霧裡薛圳走到這裡居然分為九條圳道，沿著地勢各自流向臺北盆地。

是呀，我們都是城裡的孩子，每一條路都習慣有著明確的起點與終點，打開手機，Google 地圖一切翔實告知，不容易迷路，更不需要帶著一張張地圖前往目的地，一切都看得到，一切都在掌與指之間。然而這條水圳走到此處，幾乎已湮沒於柏油路底，偶有穿梭在幾處民宅之間，露出的部分就是此處，整治得小巧可愛，水圳旁還有蜿蜒曲徑，供遊人居民散步。不同時期依水而居的人們也開始創造屬於自己的記憶，就像你，你的詩寫得很好，常常喜歡拿著近作和我討論，詩句的意象充滿你內在可貴的情懷。葡萄牙詩人佩索亞說：「我曾渴望如聲音般因物而活。」是的，我們為了什麼來到這些僅存的水圳遺址邊來回逡巡呢？我們是為了復刻先民的生活，還是依水尋訪屬於自己的生命意象呢？

春分時節，也許我們可以約著再來到瑠公圳的源頭，彼處是城市人們談情說愛的好所在，我們搭著大眾運輸工具來到水圳源頭，溪水順流而下，我們沿著新店溪前行，農耕的臺北盆地靠這裡的河水灌溉民生。新店溪畔苦楝樹下，你們應該會仰起頭，淡紫色的花如煙似霧，一層層氤氳紫氣間籠罩著如織的遊人。

此刻的你們靠近了水源的最深處嗎？你們剝開歷史與記憶的雲霧了嗎？該怎麼告訴你們，其實，我們都是一頭頭的水鹿，就在前方不遠處，還有許多未知的水源和生物等著我們。

時間在我們的生命裡靜靜地流過，像一條條水路，有時伏流地表，有時看不到任何曾經流過的痕跡，有時來到河谷，看到自山頂沖刷而下的瀧溪，這些都即將瞬間流逝，一如我們的青春，我們的情懷。蘇軾說的，「作詩火急追亡逋，清景一失後難摹。」波蘭詩人辛波斯卡也說了，「一滴墨水裡包藏著為數甚夥的獵人，瞇著眼睛，準備撲向傾斜的筆，包圍母鹿，瞄準好他們的槍。」想著我這個老師若喜歡讓學生的額頭不再埋進手機螢幕，我自己得要再多開發幾條有意思的水路。

5

青春彼條街

彼時青年公園前的街道還喚做「克難街」，公園四處都是陰森森的古老榕樹。我們默默走進公園，並肩坐在潮溼破舊的雕花鐵椅上，眼前是停擺不知多久的花鐘。

我們都有些難言之隱。相信你也是。隨著時間，逐漸沖刷成美麗又不堪的紋理，有的斷裂成深谷，充滿回音；有的依然持守著既有的氣質，幽冥又神祕。

那天我們在巷子口雜貨舖巧遇，「沒想到會遇到你！」見到你的第一句話依然是如此直接，你依然是一派淡定理性的模樣，依然讓我不能明白。

彷彿遇到我，似乎早在你的預料之中。又彷彿，你一下想不起來其實我們已經好久不見。

聽到你的名字從自己口中衝出，一些熟悉的味道飄了過來。四周是輕盈的腳步聲，某個老舊電影院看戲的場景莫名其妙的閃了進來。我一個人買票走進電影院，我坐在觀眾席，木質座椅格格價響，雪白銀幕閃爍著一道道微弱光影，一齣不知片名的電影正準備放映。正片還沒開始，預告片一直出現一條街，有時走過一個人，有時兩個人，有時閃過四個無聲的背影。

那條街的彼端連接一間偌大的教室，光影昏暗，但彷彿看得見空蕩蕩的成排桌椅。接近教室的走廊彼處有光，四個右肩架著書包的背影一起走向光的所在。

光的彼處，就是那條街。

雜貨鋪門口有一扇雪白的大門，看到你側身貼近欲推門走入的模樣，我正巧經過，下意識的覺得是你，電影院神祕的黯影頓時交疊著此時的你。你推門而入，銀幕裡的那條街出現在我面前。

你聽到我叫了你的名字，遲疑了一會。我仍然在門外，和那個即將遁入消失的你。

當我開心地問起你怎麼剛好也在這裡的同時，眼前的你早已側身走進了那條街。我走回木質座椅，在台下看著十八歲的你。

和你身邊那個十八歲的我。

雜貨鋪的彼端可以通往青年公園，此端就是那條街和萬大路會口。一九七〇年代那條街逐漸跟不上城市經濟的腳步，兩條新闢四線道的萬大路與西園路拉近了南萬華與盆地中心的關係，人們歡歡喜喜地迎接新時代的來臨，那條街成了盆地邊陲的難言之隱。一九八〇年代，我們歷經了狂飆的政治運動與校園民歌風潮，心中留住了幾首質樸的歌，十八歲那年我們唱著歌，一起畢業，即將各奔前程。

從此不再需要一起放學，不再需要一起走那條街。所以我們背著父母，來到這座日治時期的古亭庄練兵場，為彼此的未來傷神憂心。

彼時青年公園前的街道還喚做「克難街」，公園四處都是陰森森的古老榕樹，我們默默走進公園，並肩坐在潮溼破舊的雕花鐵椅上，眼前是停擺不知多久的花鐘。是我把你找出來的，因為不再有那麼一條街道可以一起走回家，你選擇沈默以對，「所以呢」，我寫信問你，「我們還要一起走嗎？」那時的我對什麼事都想要打破沙鍋問到底，不明瞭這世間還有所謂的難言之隱。當時的你是怎麼說起第一句話的，我不甚記得，只記得你說你的父母並不贊成我們交往，還只有十八的少男少女能談什麼戀愛。

然後，雪白銀幕畫面上的天空好像就下起了雨。

我在台下看著銀幕突然一陣光影迷離，你的眼角突然閃著淚光，那時的我並不能明瞭，一個男孩臉上淌下的那一滴淚究竟訴說著什麼。

當時是因為不知如何面對依然陌生的你，亦或是面對自己依然模糊的情懷，看到你黯然的落淚，我不知該從何問起，也不知當時的自己為什麼並沒有跟著哭。

那滴落在你臉上的淚就此停格在記憶裡，讓時間暫時冰封了它。我沒有繼續在生命中追尋答案，只是開始瞭解，有些路開始只會通往過去。而那條街，便暫時冰封在我即將展開的世界版圖底。

那條街彷彿也在自己的時間裡停格。無聲。

之後，我們便各自找尋前行的路。

其實，你後來一直住在鄰近那條街的巷弄底，從不曾離開，而我則逐漸愈離愈遠，久久回來一次，甚至忘了可能會遇見你。每次回來，像一個買票進二輪電影院的觀眾，明明知道劇情梗概，卻依然在一次次忘記不知名的細節中迷失在記憶裡。那一條街還在，百年東園街，名字沒變，雖然因著城市的變遷切縮成八百公尺長，東園街，卻依然還是曾經不時喚起的名字。還是兩岸兩層樓的「店屋」建築，還是窄窄透著微光的騎樓，還是僅容兩個人並肩走著恰恰好的距離。

還是下了課，我們三個女生會找你一起走回家的東園街。

那天在巷口遇到你，叫了你的名字之後，我們互相訴說些近況。和你道別後，你消失在銀幕彼端，我知道真的沒有多餘的記憶了，只剩那條街。

和你道別後，我又特別走了趟東園街。我們一起走的那條東園街還是這麼的安靜，街道兩旁的商店幾乎沒變，那個經營七十多年的米店，什麼都為你備齊的大興傳統百貨嫁妝店，父親最喜歡的美美鞋行，母親久久來一次的美冠銀樓，塞滿鮮花盆栽看不到店門口的名園鮮花店還是座落東園市場的店仔口前，對面的英吉利眼鏡行還是簡單大方的陳列著各式名牌眼鏡，還有幾間傳統老字號的銀樓與香舖。以前怎麼看都是一樣的尋常平凡，現在看起來，每一家都是東園街上極具有特色的傳統老店。

那時我們四個人的便當湯匙聲，還有邊走邊聊的嬉笑聲，在東園街不長不短的巷子裡，成為記憶裡僅有的聲響。一起經過這些店家時，總覺得這些店家老派又日常，沒有吸引人的流行擺設，總引不起我們任何的駐足。甚至沒有轉進小巷子讓自己遲些時間回家的念頭。記憶裡就只是一次次藍色百褶裙輕輕走過的這條被騎樓圍困的老街，還有四個人被學業壓得扁扁的青春暗影。

我的叛逆來得特別晚，那是離開你們三個人之後才開始的，不再有一起回家的朋友，開始孤獨面對自己的時間愈來愈長，我開始有機會一個人壯膽走長長的路，開始探索自己成長莫名扭曲的心，開始肆無忌憚地闖進一條條陌生的暗巷。有時在迷路的夜晚遍體鱗傷，有時卻又迷戀於曲折模糊的新穎街道。

有時回想起我們四個人。

就是不再想起東園街，不願再回到那個既古老又安靜的自己。

那天遇見了你，隨你走進東園街，雖然你隨即消失在銀幕彼端，我卻遇到了那個既熟悉又陌生的自己。現在的我想重啓，冰封在時間裡屬於這條東園街的記憶，所以我一次次的回來，拼貼一點點的古老又破碎的形狀。有些當時以為不會消失的老店已不復存在，開始也進駐了幾間年輕活力的新店舖，東園街依然古老而安靜的存在著，依然保有著它自有的氣質，自信的一任時間在它身上沖刷切割復定義。

在那不長不短的八百公尺騎樓行走，顯現地位重要的歷史光芒並不出現在車水馬龍的喧囂，甚至年輕的回鄉人們早已不知它的光榮歷史。百年東園街依然遺世獨立於熱鬧的萬大路與西園路之間，曾經擁有三家戲院的過往，曾經稱為「枋寮道」的名字，記憶著先民曾經仰賴這條街以為日常。來往中、永和，跨越新店溪來到南萬華，只要沿著這條街就能採買生活尋常用品，一次備足，也能將貨物送進城內，連結熱鬧文明。對我而言，它曾陪伴我度過了平靜無虞的青春，如果沒有這條不長不短的街道，我的青春愛戀該如何找到並肩偕行的安靜步調呢？

現在的我又回來這條街，又再次尋回古老又寧靜的青春歲月，是這條街創造的奇蹟，還是一直被文明遺忘的幸運？米店、香鋪、刻印店、鑰匙行、銀樓等，像封存昔日風華的時空膠囊，遺世而獨立，這是外地人所不知道的東園街，靜靜等候著我。

不知道仍然住在附近的你，會不會像我一樣對這條街充滿陌生又熟悉的懷念？

最近愈來愈常來回這條街，只要從小南門站下車，循著延平南路看見重熙門，時間的味道便開始飄散著梔子花與茉莉花香。左轉廣州街，穿越陪父親看診的醫院側門，孩提時的成排芒果樹已經不知去向。靠近植物園圍牆處依然有華麗又野蠻的濃稠綠蔭，走過和平西路，沿著南海路，經過幾株挺立記憶裡的椰子樹，右轉中華路貪看著南機場公寓僅存的旋轉樓梯，繼續經過西藏路前行，便來到東園街口。

東園街口還是窄窄的兩線道，從頭到尾不到一公里，靠近艋舺的街口連接熱鬧的西園路，突然轉入車水馬龍的交通匯流處，前往城市中心或離開城市邊陲，經過東園街皆宜。一轉進東園街依然是那座廟，二十八巷內，是父親最愛來的地方，我們一家四口每週必來這裡，欣賞電影成為共同的娛樂。因為昔日復興戲院與大勝戲院設立的緣故，各式小吃攤聚集於此，久而久之形成熱鬧滾滾的小吃巷。雖然兩家戲院停業已久，但戲院深植於在地人的記憶之中，大家至今仍稱呼這裡是「復興口」。街道旁邊的西裝店、中藥行等店家，仍不時透露著這裡曾有的繁華風貌。

東園國小旁的市立圖書館那扇讀書的窗還在，陳列第一副眼鏡的櫥窗還在，母親購買花材的花店還在，父親喜歡駐足聊天的水果攤老闆娘還在，一切都沒有變，一切卻都已經不再相同。

這條街像個魔術師，默默挑選了某些場景，有些停格，有些像美麗的兔子，自動新的禮帽裡消失。

你的家住在我們三個女生家附近，扮演護花使者成為你的放學任務，你從不會主動邀約我們，都是我們三個女生自教室走廊圍著你，有時我們不想坐車，便會找著你陪我們走回家。學校在光復橋彼端，從懷仁街、中山路，登上光復橋彼端，跨越新店溪，來到光復橋此端，沿著西園路，走到東園街口右轉。一條筆直的東園街直直通向萬大路，路的兩邊都是騎樓，我們在騎樓下經過一間間店鋪，卻從來不知道這些店鋪的名字。夕陽的餘暉，我們四個人長長的影子不時地粘在一起。

傍晚的氣氛適合將課業壓力丟進嗚嗚河水裡，青春的身影也頓時輕盈了起來。我們三個女生擁有著截然不同的個性，小慧是大家公認的校花，每每成為眾人注目的焦點；老容聲音洪亮，個性大方，開朗的大姐個性下其實擁有一顆善感異常的心靈；老容總是會在走廊的一角拍拍我的說，「其實妳很棒呀，很棒呀，一點都不輸任何人呀！」

她就是這樣一個善良的人，完全不在乎皺摺的藍色百褶裙穿在她身上，像一片平靜無私的海洋，成為我孤獨島嶼的護身符，讓我能靜靜孤坐一隅不會恐慌。

世界上就有一個完全不在乎校服整齊的女孩，世界上也有一個人見人愛卻不愛自己光彩的女孩，我們常常一起走一條回家的路，常常拉著你一起走回家。

住在東園街盡頭右端的我，和你們三個不同，你們都住在左岸，來到東園街盡頭時，你會繼續陪著小慧和老容繼續走下去。那又是一條條曲折的黯巷，我不熟悉的三人世界。

然而，你們也從不曾理解我接下來必須面對的孤獨。

我們四個人的年少歲月就是這麼古老又寧靜，一條盆地邊緣的老式街道，我們也走在一條又一條自己的生命線上，有時交錯，有時各自由曲折。如今曾經走過的巷弄建築幾乎都蓋起了大樓，唯有這條東園街，還是那個沒落貴族的味道，那個從不需要張揚，自信卻孤獨的味道。如今，我回來這裡，眷戀於那古老又寧靜的味道，那十八歲閑靜自足的自己。

現在的東園街依然很安靜。

依然，好短好短。有著自己的悲歡離合，我一直都不知道，以為它不過就是一條有著古老花香的街道。就像身邊的朋友親人，曾經的名字，用來被我熟悉稱呼著，如今也安靜的一點點剝離著。直到突然失去了聯繫，才突然驚覺，原來生命地圖上曾經有這麼個名字。

這條街，它的名字，一直是這座城市不大不小的證明，只是那些難言之隱，那些繁華、貧窮與古老，卻成為這座城市幽暗寧靜的神祕。

輯四、樂園

時間的使者
華麗的饗宴
第四個願望
福壽菊的願想

歷史建築
HISTORICAL BUILDING
北白川宮能久親王
紀念碑
Japanese Prince Kitashirokawa Monument

1 時間的使者

父親的手錶就放在我書桌右側，想起父親時就看看手錶。

我的書桌現在也不需要時鐘了，父親的手錶成了我的作息表。和父親一樣，我曾習慣整點作息，即使現在已不太需要靠課表計時，日子還是習慣跟著時針的刻度規律生活，即使休息也是以整點下課十分鐘計。

一直到父親決定到安養院。

住到安養院後，父親的時間都是跟著院裡的作息。來臺灣快三年的 **Ani** 已經很會說國語，有時父親仍會習慣性的問 **Ani** 現在幾點鐘了，**Ani** 都是以整點報時的方式回答父親。父親聽到時間整點的回報，臉上自然泛起放心的微笑。

剛住進安養院，父親和我都在努力適應這裡的作息。早上八點上課前，想念父親，和父親通電話，「姐介，爸爸在休息啦，溺十點再打來噢！」**Ani** 睡在父親床位的左側，窄窄的床位翻身不易，但她總是說這樣可以瘦得快一點。十點上完課，送走學生，拿起手機和父親通電話，「爸拔，你怎麼八點還在睡呀？要起來多動動啦！」我成了老師，訓誡學生遲到偷懶的魔王頓時上身，不習慣八點還在睡覺的父親。電話那頭的父親遲了幾秒鐘，像一個低頭受責罵的學生，「娃娃，這裡的作息就是早上四點半起床，吃完早餐，太陽還沒出來，機構的護理長就會安排大家再回去補眠。」

記得以前爸爸總是早睡早起，早起早上七點出門運動，早睡晚上九點就寢，退休的日子數十年如一日。來到這裡突然改變作息，晚上不到八點準備就寢，喜歡看電視談政治的細胞也漸漸馴化成遠古葛天氏狀態。看起來爸爸適應得還不錯，睡眠拆成好幾段的方式，也順便改變了父親運動的作息表，睡起來與用餐後的漫長時間，Ani 都會牽著父親散步四處走走。倒是我，有時還是習慣看著手機的整點時間，依照父親昔日的作息打電話，反而打擾了父親。

那天父親把手錶交給了我。「到這裡以後，手錶就給妳保管。」父親說。

那是一只有星期和日期計時的錶，即使父親跟著我們買了手機，依然習慣檢視手上的老錶。父親非常守時，退休的日子已經過了二十年，和母親約定回家吃飯的時刻從未逾時。

有天，過了中午十二點父親還未按鈴，母親心裡開始著急。那天天氣溽暑，父親依然如常在青年公園散步，即使身體已經有些不適，還是堅持走了好幾圈，堅持坐在老樹下乘涼。堅持十一點準備步行回家時，即便開始呈現頭暈現象，深怕母親擔心，還是勉強快步走著。登上四樓，打開家門，看見母親，馬上失禁，不能言語。那時，中午十二點半。

家人開始提醒父親重新安排作息。早上七點，不能再是父親的出門時間，建議改為太陽下山後的六點。於是，母親準備晚餐的作息也必須提前為下午四點。四點的時間，讓需要午休的母親無法適應。

生活了超過半世紀的夫妻，像新人般開啟人生新頁。「你爸的作息，和我的作息不能配合，晚上八點回來，萬一看不清路，摔一跤，怎麼辦？」母親憂心地對我說。

只是新人多了充沛體力和時間可以磨合，可以重新來過；當然，也可以暫時離開彼此，重新思考未來。父親和母親選擇了後者，由父親決定，來到安養院。

來到安養院的初期，習慣整點生活的父親不能適應，Ani 說，父親常常對著牆上的一口大鐘發呆。Ani 瞭解父親的習慣，問了時間，必以整點報時，讓父親覺得一切還是昔日。

一切如常。

父親的手錶就放在我書桌右側，想起父親時就看看手錶。現在是上午十一點，父親已經吃完午餐，Ani 正在幫他清理牙齒。現在是下午兩點，父親剛睡完午覺，Ani 正在幫父親穿上外衣，準備下樓去中庭曬曬太陽。父親不知從什麼時候開始不戴手錶，說是眼睛看時間的刻度非常吃力。我也忘了自己喜歡戴手表的習慣何時改變的。手錶的功能也一併為手機取代，看似沒有牽掛的手肘，為了找手機看時間依然很忙，忙著算計時間的刻度。有一天忘了帶手機，空洞的手肘突然空出許多茫然。茫然什麼，我也不知道。時間還是繼續運行，那天的我卻是一艘失了方向的小舟。

每次和父親告別，一定會向父親稟告下次前往的時間，拿起手機記錄下次的時間和準備帶去的日用品。臨別前，父親都將記在腦海的未來時間複述一遍給我聽，不需要筆記的他，和拿起手機行事曆仔細比對的我，成了我們每次相聚告別前的賓果遊戲。

小時候父親也是這樣教導我依時行事的觀念。每天的聯絡簿要翔實規劃晚上作息的行事曆，每完成一件，即用鐵尺畫線槓去。「可是，當天遇到肚子痛，延誤作息表怎麼辦呀？」身為調皮小學生的我，完全無法理解父親的教導，明明是流動中的時間之海，如何能框限成一個個海邊的消波塊？一定會有莫名的盜賊將時間之神悄悄偷走吧？一定會有技術熟稔的渡者，一股腦兒就將自己渡上了成功的彼岸吧？那剩餘的時間呢？那不足的時間呢？我好奇地問父親。

我忘記父親當時是怎麼解決我的時間問題，只記得每到週六下午，父親總是要求我和弟弟先完成作業。記憶裡的週日，可以睡到自然醒，吃完母親準備的午餐，就是隨父母親出門爬山、釣魚的時光。那天在安養院突然想起了孩提時的週日，怎麼可以這麼隨意，這麼沒有章法，「爸拔，小時候您會教我們在聯絡簿規劃時間，那週日假期呢？您還記得週日午後怎麼規劃作息嗎？怎麼我都完全沒印象呢？」已經行動不便的父親坐在中庭的石椅上，搖著頭，展露略帶神秘的微笑，「傻娃娃，忙了一星期，週日的時間怎麼還需要規劃呢？」

長大的我，也就這麼養成了走在時間前面的習慣，包括睡到自然醒的週日上午，還有吃完午餐走入山林的放逐時光。直到步入職場，愈來愈多的工作份量與自我要求，那時間不足的壓力，悄悄取代揮霍剩餘時間的任性。週末，成了時間的奴隸場。

「時間一直不夠用，這是積極人生的表現。」我告訴自己。畢竟，時間的績效端看你成就了多少具體的成果，我又給了自己另一段時間座右銘。

直到父親選擇住進安養院，直到我選擇退休。

父親說，給我的手錶雖然有日期，其實它早已是不會走的。「應該是永遠停留在周五，十一日吧！」我看了看手錶。不用太在意時間了，父親提醒我。

兩年前決定退休，開始過著斜槓人生，有時間兼兼課，有時寫寫稿，有時四處當個城市說書人，有時就只是慢慢吃著為自己準備的食物。時間給予我們工作的任務，我們也給予時間生命的意義。看著身邊來來往往的人潮，前進的步履引領著每日的目標，時間不待人，這是不變的真理。

但一定要追得這麼辛苦嗎？

什麼時候開始，我也學著讓時間走在前面，放心的在原地欣賞著時間之神，那風般的速度，那被匆匆掃過人群，不再急急想要追趕什麼，甚至超越什麼。

一切，其實都在如常的改變。

父親教導我的生活習慣，也隨著時間默默改變了不少，就是時間規劃和爬山運動這兩件事至今如常。那天去看父親，父親說起十五歲隨家人自基隆上岸，「七十年了，」父親說，如果說每個人的出生地代表新生命的降臨地，那基隆就是他除了江蘇常州之外的出生地了。

我沒有告訴父親，每次想念海，總會來到基隆。海的壯闊，像時間的母親，一一撫平生活的缺痕。

我想起日前隨朋友到基隆紅淡山，便向父親說起那次的登山經歷。「那裡住了兩隻石狐狸耶，」我興奮地對父親說。

小時候住在上海淪陷區學了一些日語的父親，不曾去過日本，但是嫻熟歷史的他，完全了解這兩隻山上的石狐狸應該就是日治時代留下的神祇使者。我向父親說起自己去了日本京都的伏見稻荷神社，看了滿山滿谷的大小狐狸，都沒有落腳於紅淡山這兩隻小狐狸令人印象深刻。父親對這兩隻日本神社的貊狐怎麼來到山上特別好奇。

此時，換成是我向父親說起這段歷史故事。

父親說，他一直對基隆的歷史感到興趣，甚至還大過常州。他知道日治時代的基隆因著運送物資的需求，逐漸興建成北部重要商港，街廓商業發展因而非常繁榮。「可惜我一直沒機會再回到基隆碼頭看看。」父親略顯遺憾地感嘆著。我向父親提及狐狸是日本稻荷神的使者，「也許稻荷神社曾興建於基隆熱鬧的街廓吧，」父親若有所思的說。「哇，老爸，您真的很厲害耶，」我忍不住在走廊角落驚呼了起來。想起小時候歷史地理課本的複習都是交給父親，到現在喜歡四處發掘在地歷史，喜歡說給別人聽，和父親喜歡說給我與弟弟的習慣真是如出一轍。

只是旅行過世界各地的我，還是沒有逃難過的父親厲害。

第一次去紅淡山，循著資料，我並沒有找到。沿著田寮溪，順著劉銘傳路走上紅淡山，沿路只想著這座只有標高二〇八公尺的臺灣小百岳，兩隻石狐狸據說就鎮座在山的三等三角點附近，理應是不難與牠倆相遇。經過了幾處路標，山路四通八達，寺廟道觀亦多，處處可見早覺會所建的山莊涼亭。沒想到抵達山頂，就是找不著三角點。眼見天色已晚，告訴自己，不急，小狐狸不會走，下次再來。

「喔，以前的娃娃不會這樣噢，怎麼沒找到目標就下山了呢？」父親笑著說。對吧，以前的自己是不會如此，畢竟當天的目標若未完成，不就擠壓到第二天的行程嗎？日子在計劃中形成，計劃在日子中達標。滾動的人生，每一天都不停地在時間的輪軸上前進，不停地移動，超前再超前。

曾幾何時，設定目標已經不再是為了完成。那是為了什麼？退休的我狐疑地問著自己。

我告訴父親，那天雖然找不著兩隻小狐狸，回程倒是意外的走進一座古寺。這座寶明寺本不在我的登山計劃之內，卻意外的串聯起我匱乏的基隆史。我告訴父親這寺的前門居然座落著一整排完整的古城牆，「難不成是清法戰爭的古戰場？」父親毫不遲疑地說。

我對於父親沒有智慧手機，更查不到Google資料，卻能推理成功，感到佩服不已。「哈哈，聽妳說起紅淡山位於基隆市區，可俯看基隆港、基隆市，憑居高臨下的地理位置，就知道這古城牆必有所用啦！」Ani看著父親難得滔滔不絕的神情，也跟著在一旁得意了起來。

「只是這城牆沒什麼用了吧，捍衛國土的堡壘，換成守護廟宇的大門，這樣的工作也是不錯的吧，」父親的眼神，仿佛在安慰著小時候沒拿到演講比賽冠軍的我。就像這兩隻落居山頂的小狐狸，曾擔任日本稻荷神的使者，一座稻荷神社，身居日治時期的基隆末廣町，小狐狸鎮守著那時的遊廓，那時的繁華，保佑眾多居民生意興旺。而今，稻荷神社早已不見蹤影，小狐狸因著熱愛山林的有心人，避居到山頂，俯瞰基隆，少了神味，多了地氣，「這倒也成了基隆在地土生土長的一對小狐狸，一定要幫我找到牠們倆囉，」父親特別囑咐我。

經過第一次錯過小狐狸的經驗，重新調整路線，終於覓得落腳處。我急著向父親報告兩隻小狐狸不僅不再是神祇的使者，還冠上兩個新名字，鐫刻在石座上，「老爸，牠們倆一個叫『彌習』，一個叫『彌佳』耶，」父親雖然乍聽不解其意，但對於同姓，且是中文名字的巧思非常認同，要我解釋一下這兩個名字的來源。當然要將故事說得動人，一定得善加準備，「老爸，『彌習彌佳』出自北魏酈道元的水經注，『仰矚俯映，彌習彌佳，流連信宿，不覺忘返，目所履歷，未嘗有也。』這意思就是愈是玩習欣賞，就愈是感受四周的景色奇佳喔。」

父親聽了我的解釋，說是多了這兩隻小狐狸的助陣，基隆的山海風景一定更增特色，「日治時期的神祇使者雖然搬了新家，也有了中文名字，不再有祭拜求財富的信眾團團圍繞，只有日日陪伴著日升日落。牠們倆會不會也覺得寂寞了些？」父親若有所思地對Ani笑了笑。

2 華麗的饗宴

不像素什錦，從頭到尾就是冷的本性，就是冷的好吃。你不給他時間，它就臭給你聞。

從一座充滿咖喱香的歐洲城市回來。

這屬於南亞的香味連結十五世紀的航海故事，甫始於一個葡萄牙航海家對未知的想像，乘坐了一艘船，開啟了不知名的連結。沒有網路的年代，只能靠著一股對冒險的執著，期待發現的心，成為克服孤獨的利器，茫茫大海成了前行的助力，死亡隨時在招手，他不問自己未知的新大陸在哪裡？只相信香料的路一定有通向自己的捷徑。

歷史學者查爾斯・孔恩（Charles Corn）曾說，香料喚起了「即使不算神話也可說是傳奇的連續事件，是紮根於古代的故事」。驚奇的食物色彩，繽紛的香料魔力，明晰的南亞風情，卻蟄伏於一座臨海的歐洲城市，處處提醒著食物帶來的神祕故事力。曾是來自遠方陌生島嶼的香料，為此地帶來了巨大財富，卻也引發了血腥的戰爭，有心人執意著擁有那無法拒絕的誘惑，只願深根在海的彼端，成為這座城市記憶的符碼。

那是侵略的記憶，冒險的符碼。為了浸潤血脈，世代相連，烹調食物的職人費盡巧思，味蕾爆發，匠心獨運，只為傳承。

不禁想起自己一直做不成功的一道年節料理。

記憶裡的味道有很多種，世界各地的食物在在提醒著人與時間的旅行。臺北的味道也有很多，每種味道伴隨著不同載體默默存活著，像是寄主與寄生獸的關係，四處遊蕩，等著喚醒人們的記憶。

不過有些食物一任時間流逝，無聲息地湮沒於記憶考古層，只要烹調的手不再上桌。即使曾餵飽無數生靈，創造多少華麗的生命。

也許是烹調食物的人兒不再準備，也許是下箸的人兒不感興趣了。嶄新的味覺疆域還未開闢，古老的地圖已經破碎不堪。

最陌生的如果是自己的親人，一頓年夜飯該怎麼準備？

煮了一大鍋的素什錦，本來就是一道冷的料理，不必上爐火重溫，吃不完的回冰箱冰一冰，從第一餐新鮮端桌，第二天加些香油，第三天撒些香菜，沒有更新鮮的期待，只有怎麼又吃不完的惆悵。

素什錦是一道過年必備的菜餚，大魚大肉滿桌的過年菜，它是一道容易被忽略的食物，又冷又清淡。小時候跟在一旁看母親費心準備，這一道食物，只覺它最費工夫。

長大後纔知道，素什錦並不常見于一般家庭，就好像佛跳牆之於我家，那過年前的市場四處可見美麗瓷甕一盅一盅的展示著，母親從不曾買來放置餐桌，只會跟著吃喜宴時才會遇到它。原來我家慣見的素什錦，也不是這座島嶼必備的年夜飯料理。

食材會記憶，從一個家庭到一個國家的歷史文化。小時候開始愛上素什錦，是從外公家開始，自有記憶開始，小年夜飯都是在外公家度過的。外公祖籍上海，一長桌滿滿的年夜飯雞鴨魚肉樣樣備齊，但是我最愛的還是一盤冷冷的素什錦。外公說，戰亂時節的家鄉年夜飯再困苦，一定還是會有一盤素什錦，只是常常無法備齊十道菜，有時就拿手邊可以獲取的食材煮成一鍋，「十全十美，實實在在」，每次下箸的第一口，外公都會念上一句。心繫的家鄉，離亂的過往，外公在素什錦的記憶裡祈求著來年的人生。

素什錦一盤，華麗的色彩，柔和的滋味，外公的離鄉路，帶著我不曾參與，更無法想像的記憶，來到這座陌生島嶼。許多帶不走的，不知外公埋葬何方，倚靠著一盤素什錦，留給他此生家鄉的記憶，也留給我記憶裡世代相倚的年菜味。直到外公離世前，記憶裡每年的年夜飯都是一場場色彩繽紛的華麗饗宴，都有外公自上海離鄉後胼手胝足的漫漫長路。

一口雞鴨魚肉，寶島豐衣足食，再來一口素什錦，家鄉親人血淚入腹。

食材一共十樣，要一次前往菜場備齊是不容易的，所以母親常常得利用春節前幾天休假日開始分批採購，冬筍、黃豆芽、紅蘿蔔、芹菜、百葉（千張）、干絲、金針菇、香菇、木耳、金針，南萬華的傳統市場不是每一樣菜都買得到，譬如百葉數外省口味，母親得前往南門市場才能購得，買多些，母親也會燉一鍋滿滿金華火腿與百葉的「醃篤鮮」湯作為小年夜美食。

只是這一切都喚不回來了。

有了自己的家之後，帶幾道菜回家和父母手足過小年夜成了習慣。帶什麼菜好呢？以前跟在母親身邊，只會切菜的工夫，素什錦的備料成為跟在母親身邊唯一能做的事，刨絲ＯＫ，切冬筍ＯＫ，坐在電視機前掐黃豆芽成一只只可愛的小如意，ＯＫ，其他配料也難不倒自己，只要時間，一把刀，美麗的菜色一一備齊。好，就決定炒一鍋素什錦上菜，像母親一樣，在葷食當道的年夜飯裡，成為眾家稱讚的小清新。

切好掐好刨好，嫩紅的蘿蔔吆喝著眾家蔬食一起衝進炒菜鍋裡，大鏟來回翻攪，紅橙黃綠點綴墨黑，看起來美麗又可口。淋上大骨湯，蓋鍋燜煮，還可以趁空清洗流理臺，洗洗烹飪工具，很輕鬆，不是嗎？

殊不知，從紅蘿蔔開始全員集合，帶兵殺陣，妄想一次解決，就注定這一切都錯了！

錯在哪裡？直到母親看了第一眼，吃下第一口，就笑了出來。

「是不是十道食材一股腦兒全丟進大鍋裡攪和呢？」孩提時拿著不堪入目的成績單慌亂塞進母親的手裡，當時母親也是這樣一臉熟悉的笑容。

哪裡不對了嗎？我還是不懂。

哪裡不對了嗎？母親。不是備好一道道食材，然後同一時間煮熟它們，起鍋擺盤，就對了嗎？

看起來是，是一道華麗的素什錦，但是時間就是不對。有些食材熟得快，像紅蘿蔔，有些食材得慢火燜煮，像百葉，彼此等下去，一鍋攪和，就是有人先萎爛，有人還在生硬著一張臉，彼次不了解各自的火候線，誰也不讓誰。

同一時間下鍋，就是不適合。母親說。

還是時間的問題。想一次解決嗎？即使刀工再細，食材再講究，態度再認真，想一次解決，就是失敗。

原來，我只悶著頭為母親準備食材，卻從未抬頭看著母親怎麼料理素什錦。百頁要先用熱水泡軟（我忘了！）；黃豆芽掐頭去尾才好看（達陣！）；金針泡軟後切掉蒂頭（咦，有需要嗎？）；胡蘿蔔兩天前刨絲後需風乾（這……難道是母親留一手？我怎麼不知道），十樣素菜要耐著性子分別處理，炒的時候不需要用太多的油。對了，別忘記炒黃豆芽、胡蘿蔔和芹菜時要個別入鍋炒。黃豆芽會出水，所以水要瀝乾；芹菜不需要炒太熟，香氣是素什錦的精華撇步；紅蘿蔔因為會黏鍋，炒的時候要放些鹽；金針、木耳、金針菇可一起炒，可加少許醬油和糖調味；干絲和百頁也可一起炒。待所有的材料炒完後，記得要將水分瀝乾備用。最後再將全部材料入鍋再熱炒一次，讓味道均勻，起鍋時淋上香油、香菜即可。

記得要完全冷透後，才放入冰箱冷藏喔。記得嗎？母親再三叮嚀，拿起筷子，爽快地吃了我失敗的傑作。

當然，第一年的素什錦既不美味也不可口，該脆的不脆，該軟甜的成了生苦的味，香油也苦，都敗在亂了各自的時序。其實之後的幾年也一樣，我想一次解決，爽快不細膩，不善待彼此的優點，即使母親的叮嚀言猶在耳。到了隔年，依然是全不成順序，吃起來就是少了清脆爽口，失了各自的味道。

個性依然急躁罷，母親說。女兒呀，妳不是學不會，就是不愛和食材熟，所以它們就是不愛配合妳，一切徒勞。

可是每年過年，還是習慣炒一盤華麗的素什錦帶回家，雖然偶有佳作，但依然不如母親的好手藝，全家人還是吃得勉強勉強。南萬華老家的圍爐一直持續了好幾年，不知從何時開始，父親決定到外面餐館圍爐，這道素什錦就不在小年夜的晚上出現了。

小年夜的傍晚，各家人在不同的時間走進餐館，圓桌的主位可以宏觀依序前來的兒孫，全員團圓，是父母親最安心的時刻，葷食素食，吃不完打包是常態，用餐時間有限制，時限到了，只得快快離開。也不知道為什麼，從沒有一家餐館準備素什錦，偶而有縮小版的涼拌素菜，開胃用，配芹菜、紅蘿蔔、豆干、香菇，盛一小盤當小菜，永遠不到十樣菜，擺不上年夜飯的華麗陣仗。

後來父親身體不好，帶著外傭住進了安養院，各家準備簡單的年夜飯，陪父親一起到院裡吃。從來不曾經歷父母分居的自己，為了安排看望父親的時間，為了解決母親獨居的問題，為了儘快安頓自己的身心，逐漸展開生活的新頁，我們一家人在小年夜吵了起來。

一盤素什錦無人入口。

我的素什錦還是胡亂下鍋，切工依然心意，口感卻是不好。

父親安靜地坐在一旁，讓外傭一匙一匙的將糊狀食物送入口中。眼前的食物已經不成完整的形狀，父親的眼睛也看不清楚，口裡依然不時地稱讚這東西真好吃，問父親吃到什麼，父親只是笑而不答。獨居的母親也已許久不再烹調大魚大肉了，更遑論費工的素什錦，兒時那一整桌豐盛的小年夜飯，那竄進廚房圍在母親身邊偷吃鍋裡肥肉的時光，不知是否還可以複製貼上？

生命是一場華麗的饗宴嗎？是一場自小開始備齊料理，依然不知如何依著上帝的時序，不由人，也終枉然的一場虛有華麗外表的饗宴嗎？那撐起船帆，航向未知島嶼的歐洲探險家們，帶著勝利的香料揚帆回鄉，封爵封地，光耀上身，可曾想過晚年爭名奪利，潦倒一身？可曾預料二十一世紀的現在，香料不過是一罐罐平價的佐料？一張烹煮素什錦的食單握在手裡，隨著手中購得的食材逐一準備，美麗的紅色，智慧的鮮黃，理性的清綠，浪漫的橙色，細絲切掐，過油水煮，還要風乾，原來真正難的不是事先的準備，不是專心的刀工，原來，給彼此時間，互相理悟，各見千秋，才是決定一切的關鍵，歷史如是說，家族情感也如是。

我一直在準備素什錦，卻一直不得要領。那晚的小年夜大家不歡而散，一盤素什錦沒有人有胃口，擺在眾家料裡間，色彩再繽紛華麗，滋味卻雜亂無章。收拾桌上的食物，各家帶回各家的料理，父親拄著拐杖微笑和我們揮手道別，我的心情千百滋味。

華麗的素什錦，原來我從沒有耐性依著各自的特性細火慢炒。烹煮熟透並不是料理的目的，如果只是為了完成，烹煮只是煮熟了事。一個家的年夜飯，大家可以召集團圓，依序入座，但是誰先離席，誰先發號司令，誰拒絕吃這一道素什錦，是誰可以真的做主要求吃完每一盤菜呢？

好吃的素什錦是冷的，保存它之前，更必須耐心放涼後再置入冰箱。我一直喜歡它，我也是自戀的吧，喜歡自己的冷，不喜歡他人眼中熱絡的自己，卻又一股腦兒的堆疊各種熱情，才一下子不等時間慢慢冷卻，就顛三倒四將一盤自以為華麗的盛宴堆進冰箱。不待肚子飢餓的咕咕叫，冰箱裡的盛宴就開始腐敗惡臭，沒吃到華麗的熱情，還得麻煩處理無用的廚餘。不像素什錦，從頭到尾就是冷的本性，就是冷的好吃，你不給他時間，它就臭給你聞。

默默分類擺盤，默默順著個性，耐著時間一一處理，不疾不徐，不瞎忙下鍋，不疾速混搭，我問自己，妳何時才能真懂得這一盤母親的素什錦？

3 第四個願望

拗不過子女們的要求，母親還是勉強許了願。
吹了蠟燭，切了蛋糕，卻怎麼也不肯說出她內心許了什麼願。

自有記憶開始，過生日，家人就會準備一個蛋糕。在燭光搖曳中，誠心誠意為自己唱生日快樂歌，還唱好幾遍，然後，在歡樂歌聲迴盪耳際之餘，數雙睜大的眼睛看著自己，期待閉上雙眼，期待許願，期待說出其中一個願望。

其實，大家都不知道，我默默許下的三個願望是什麼。

那後來自口中說出的，其實是第四個願望。

第四個願望，其實是說給那個蛋糕聽的，說完之後，蛋糕吃起來更甜，奶油吮起來更雪白無瑕。

自有記憶以來，我就是個奇怪的孩子。我所身處的環境，一直給我截然劃分的兩個世界，我沒有告訴過任何人。活在兩個世界的我非常清楚，我是這兩個世界的見證者，也是守護者，一旦貿然打開這兩個世界的門，聯通道是通了，可我也許就會砰的消失無蹤。

小學一年級某一天，我生了一場病，母親在廚房裡忙著，我一個人躺在客廳沙發上，眼睜睜地看著身體離我愈來愈遠。我飄在半空中，看著自己安靜地躺在沙發上一動也不動，母親在廚房燒菜的聲音像隔了好幾個巷弄遠般傳了過來，有點空洞，有點飄忽，我試著發出聲音讓母親聽見，那聲音傳出去不到一秒就整個碎裂開來，好像前面有一堵無形的冰墻，就這麼硬生生地將我圍了起來。

我不知道母親有沒有發現這件事，只看見母親從廚房裡端了一碗東西出來，來到我的身邊，發現我的額頭好燙好燙，叫我好幾聲小名。我從高處看見這一切，大聲叫了幾聲，卻不見母親有任何反應。那時我好害怕，不知道自己下一刻還能不能回到自己的身體，回到母親身邊。

如果就這樣流浪著，游走在兩個世界的我，到底要流浪到什麼時候？

這是第三個世界，在這裡很安靜，我也就這麼靜靜地躺著。反正叫著叫著也沒有人聽見。

而我卻聽得到母親叫著我，她不曾發現我已經不在自己的軀殼裡，還拼命地呼喚著我，我清楚記得這一刻。直到我看見母親拿著冰枕貼靠在我的後腦勺，額頭再敷上一條冰毛巾，我的意識才逐漸轉醒。

那天空飄著的另一個我，逐漸隨著身體的蠕動開始慢慢降落。我睜開雙眼，呼喚母親，看見母親的臉頓時放鬆。

我知道，此刻的我又回到母親眼裡的世界。

從此，我能夠飄得很遠，不讓他人發現，直到我想回來，回到自己的軀殼，一切完好。

母親十二歲便沒有了自己的娘。在生活條件極差的雲林鄉下，眼睜睜地看著自己的母親躺在床上逐漸死去，沒錢買藥，沒錢處理後事，和自己的父親自林間取了柴火，親手將軀殼燃盡，揀了骨，帶在青春飄零的路上。等到自己有了家庭以後，許什麼願望，對她來說每一次都曾是真真實實的期待。所以，自我有記憶以來，每個家人的生日一定要買一個蛋糕，一定要做一鍋的長壽麵，還規定不能夠將碗裡的麵切斷，要一口一口呼嚕嚕地送進口裡。母親非常重視生日，甚至每個節日。她說，這些節日都不曾在戰亂的童年重視過。

當然，生日蛋糕的許願成了最重要的事。小時候，我也曾認認真真地許過願，但是，後來發現，許願之後，蠟燭吹熄，母親的快樂很快就不見了。

飄在空中的燭光，也狠狠地將自己吹熄，四周的燈亮開，讓一切回到現實的世界，母親失恃的憂愁，成為她與現實世界聯結的唯一方式。即使眼前的蛋糕糖霜是那麼的真實，那甜蜜的願望只能出現在燭光點燃的魔幻時刻。

不曾隨美麗的燭光，一起飄在青春裡，不願暫時遠遠地看著這個世界，暫時脫離那個憂愁無助的小女孩。母親將她緊緊繫在身邊，牢牢看著她，不讓她暫時脫離這個殘酷的世界，只願她像自己的母親一樣懷抱受苦的軀殼。

父親帶著自己的歷史，母親帶著自己的故事，各自從世界陌生的彼端共組一個家庭。生下孩子的那一天，成為吃蛋糕許心願的好日子，父親的責任更重，常常必須應酬晚歸，甚至半夜兩三點回來，持續的爭吵聲直到天亮，然後繼續出門上班。母親也是，一個二十出頭的女生，帶著自己唯一的想望，嫁給一個沒有積蓄、沒有房子、沒有興趣的男人，許一個成家的心願，一輩子只為完成這個心願。那個困苦的年代，那兩個無依無靠的男女，就在朋友的介紹下約會、戀愛、結婚，立下誓約，期待一個自己親手創建的家庭能夠不再窮困、不再漂泊。有了孩子以後，善男子為了升遷開始應酬，善女子為了照顧孩子，每天下了班馬上繫上圍裙洗手做羹湯。

一年一年歡慶家人的生日，蛋糕下許願，我可以躲在飄浮的雲端看著他們的怨懟，他們的無奈，埋葬從沒有說出口的三個願望，每個願望都是刺痛人心的心願，連說出口的勇氣都沒有。卻從不知，母親從來只有一個願望，一個真實的世界，世界裡緊緊牽住現世的悲喜。

但是願望還是每年每年的許下，多麼輕易地許下第四個願望，孩提時的我從來不期待說出來的願望有實現的一天，因為，如果一切是那麼容易，我的父親和母親為什麼並沒有因此而更快樂，更和諧呢？生日願望成了一種儀式，就好像那一年生的病，分裂的世界並不會因為他人的呼喚而圓滿如一個蛋糕。如果你還在發燒，如果你還是昏迷不醒，這個真實的世界透過救治，介入醫治，那個還在空中飄浮的你，終究還是慢慢回到地面，回到一個軀殼的管理。而你知道，其實你還在空中，因為你是幸福的，有一個世界你可以一直躲藏，只要你任性，沒有人可以將燭光熄滅。因為真實的世界裡一直有人在默默看守著，呼喚著你，即使你不想回來。

只有第四個願望，能說出口的，無非是家人們聽完都能欣然安心的心願，都是能夠微笑著一一吹熄蠟燭，拿起蛋糕刀切下一家人的份量，安心分享，歡喜祝福。

但是生日蛋糕還是要的，每年，我們家人還是會聚在一起慶祝彼此的生日，母親年事已高，已不再喜歡我們買蛋糕來慶祝，也不再喜歡許願了。現在的她總是說，許什麼願，願望哪那麼容易實現，過什麼生日，反正，每年都比去年更衰老。這時的母親好像已經不再憂愁，彷彿瀟灑的她已經到了另一個時空，一任我們怎麼大聲呼喚，悲傷的雲早載著她，飄到好遠好遠的地方逍遙，留下一個佇立蛋糕邊的軀殼，那是孩提時期堅持將歡樂帶給我們的母親，堅持一定要用一次次的家庭儀式點亮另一個時間，為我們趕走悲傷的年輕母親。

此刻，這個逐漸蒼老衰弱的母親，不時會瀟灑的在時間的彼方注視著這一切，尤其是生日燭光下。

一如年幼的我，遠遠地飄在空中，眼看著年輕的母親牽著年幼的我，要我好好慎重地許下一年又一年的願望。何其容易呀，那時的我心裡暗暗笑著母親的天真，此刻，換我牽起母親的手，一次次地期待來年還要再次許下天真的願望。然而，母親總是一逕笑著，反而是我不解，那個在雲端彼方笑看著我們的母親，此刻到底在想什麼？

拗不過子女們的要求，母親還是勉強許了願，吹了蠟燭，切了蛋糕，卻怎麼也不肯說出她內心許了什麼願。就不過是說一個願望嘛，我說，小小的願望也可以分享呀！可是，母親卻非常慎重其事的三緘其口，守住心願如守住秘密般鎖在心裡。

那離我愈來愈遠的母親呀，我突然覺得對她好愧疚。

想到自己瞞著她守住生日願望這麼多年，而說出的第四個願望其實根本不是自己真正的願望，一任自己孤獨執拗地面對兩個世界。其實，假裝快樂許願的我，是多麼的不能諒解父母的爭吵，不能輕易相信他們的怨懟會有化解的一天，所以，我在內心許下的三個願望是說給自己聽的，是因著怨恨而許下著希望他們不要來世再為夫妻，希望他們今世不要再為彼此製造怨懟，希望他們馬上可以找到屬於自己現世的幸福。

而今，父母老了，果然，他們終於不住在一起了，果然他們努力了大半輩子，終於掙脫彼此的怨懟，母親不知道我那三個願望已經快要實現了。看著他們終於掙脫形體的桎梏，終於開始各自生活，我是該高興，還是難過呢？

如果那一年我沒有生一場大病，如果，我的生日願望都將它一一說出口，是不是當時的他們會更加珍惜我的感受？更加瞭解身為兒女的苦痛呢？

是不是我就不會有事沒事看著自己的軀殼，以漂浮為樂呢？

那一直習慣說一個大家都能接受的心願的我，那一直分裂成兩個世界的我，此刻牽著母親的手，感受著母親活在自己世界裡的憂愁，想像著母親漂浮在失落青春裡的那個軀殼。對著生日蛋糕說個願吧，我對母親說。

什麼時候我也開始許下三個願望，將這三個願望大聲的說出，不再需要第四個願望。

4 福壽菊的願想

每年過年，他必定買了數十盆的福壽菊盆栽，從一樓一路佈置到四樓公寓的家。

那一年，我曾慎重的許了個願。

那是我不曾有過的經驗，第一次我學著闔上雙眼，祈求上天，向祂一字一字地訴說我的心願。

從小住在廟宇林立的萬華區，每每到了年末青山宮暗訪與遶境活動，鑼鼓喧天的熱鬧場景及穿梭南萬華小巷的苦心孤詣，是我小時候最鮮明的記憶。

但這些神明的信仰都與我家無關。

我的父母自小忙著逃難，好不容易來到臺灣，長大後又忙著謀生養活自己，信仰對他們來說，一直是無暇思考的事。我曾經問過母親，為什麼我們家沒有一尊祖先牌位或是供奉神明的神桌，母親說，自小跟著父母四處逃難，什麼也不能帶，只能帶一條命，沒想到來了臺灣，還是四處搬遷，每每祭祀的時候，只有摺些紙錢，捻一炷香，對著天，合十向歷代列祖列宗說說話以表懷念了，哪有餘力思及那些遠在天邊的虛渺神明。

父親也是，從家鄉常州一路逃難來臺，爾後有了自己的家，他也從沒有追求一份自己的信仰。日出而作，日落而息，仿佛信仰對他而言是無暇觸及的神奇世界。

我從沒問過他們節衣縮食送我和弟弟念教會學校，為什麼沒有想過週日上個教堂，或是供奉個神明念念佛經呢？在我小時候的記憶裡，家裡並不會特別上廟宇拜拜，求籤或是許願，倒是經過許願池會順勢丟個銅幣玩一玩。期待銅幣丟下後的願望會讓池裡的魚兒聽到。

向魚兒許願，向流星許願。天空聽見了，流星聽見了，然後呢？

這也造就我一直不知道怎麼許願的壞習慣。我沒什麼浪漫泡泡願望，父母的流離歲月，勤儉持家，形成了我的童年沒有任何偶像崇拜，但知祈求現世安穩的豐衣足食。長大後，這壞習慣依然沒改，只會雪上加霜，許願成了想吃生日蛋糕前的儀式，僅此而已。

至今吃了幾十個蛋糕，每個蛋糕前許三個願，這樣算起來起碼有上百個願望了，但是這些願望無非都是身體健康、家人幸福、世界和平。而這些願望，實現的過程也沒什麼何時達不達標的問題，就是默默讓日子安穩的過下去。

直到有一天，面對自己的束手無策，我終於在祈願中流下眼淚，祈求造物主伸出雙手，撫慰我一顆無助的心。

我終於瞭解，願望是安慰的利器。

不管你相不相信許願的超級神力。

願望，讓一個渺小的我頓時有了繼續期待的勇氣。即使不知前方還有多少險阻，許願，就能這般傻傻地相信，相信只要朝著願望的目標前進，一天一天，一定就能更接近目標。

即使心願是讓親愛的人脫離死神的逼視。

那年我二十五歲，外公七十二歲，抽了一輩子的煙終於讓他的肺出了大問題。

他開始來回跑醫院，醫治過程告一段落的某天，來到外公家陪他喝了一杯酒，那是外公自己釀的米酒。外公知道，喝完這杯酒後不久，他就要住進醫院。

母親常常提及外公年輕時的身份，抗戰時期的情報份子，隨抗戰勝利後開始隱姓埋名的生活，來到臺灣後，以另一個嶄新的名字開始生活。他很能經商，雖然來到陌生的島嶼無親無故，竟能逐漸安置自己的妻兒，四處尋找營生的工具。每每母親提及外公的本名「蔡步雲」時，那個跟隨蔣委員長「十萬青年十萬軍」的號召慷慨從軍的少年郎，彷彿就意氣風發地出現在眼前。那些槍林彈雨的聲響轟隆隆地四處流竄，年輕的外公炯炯眼神依然灼燒在高挺眉宇之間，不發一語，四處張望，隨時伺候著可能的刀光血影。

現在死神就要降臨外公身旁。

曾經頭髮黝黑、身手矯健的年輕外公，為了安置妻兒，四處奔波，從基隆上岸，爾後賃居高雄，定居臺北，逃過無數劫數的他，早已不提自己的真實姓名。來到臺灣，他開始一段嶄新人生。但是年少豪情仍在，上海家鄉的習俗記憶猶新，每年過年，他必定買了數十盆的福壽菊盆栽，從一樓一路佈置到四樓公寓的家。鄰居們都歡喜，因為就數他們這一棟樓最有年節氣氛了。午夜十二點一到，外公準備的長串大龍炮準時響起，轟隆隆的紮實響了好幾分鐘。這樣歡樂的氣氛充盈著我的青春記憶，外公在我的記憶裡，一直就是一個會製造喜慶富貴的人。

直到來到加護病房探望外公時，眼前熟悉的身影已經不能言語了。意識微弱的外公堅持要拿筆寫字，筆下的字已不成字，但是母親還是能隱約猜出那幾個字寫的是外公此刻的心意，想要出院後在附近租個房子好好治療。

陪伴外公的最後時光，他已不能言語，想起外公喜歡自己釀一整罐的酒釀，有時我們爺倆就喜歡對喝一杯，那溫熱後的酒香，特別香甜。來到病房前，看著外公，我許下心願，但願那不時聞到的酒釀味道，能夠再次出現在我們爺倆的對酌中。

匆匆一年，從開始治療到離世，外公諸多心願來不及實踐，一一都成了遺憾。外公走了，至今已經二十多年，我在外公病榻前的唯一心願並沒有實現，死神連多一點時間都不給我們。

死神沒有回應我的許願，倒是另外留下一份禮物。

我以為這份禮物會隨著時間流逝逐漸崩毀，沒想到，外公的匆匆離世，留下來不及處理的後事，竟成為下一代親人間無解的習題。外公走了，我看著他們二十多年來從爭吵、仲裁到不再聯絡，原來我小時候看不到的悲歡歲月，其實早就默默存在著，只是他們將如絲如縷的愛恨情愁偷偷掩藏著，一條一條寫上日期、地點，在記憶最深處。

從不輕易袒露，也無所謂妥協。

外公飯廳的餐桌很長，三代團圓時總是坐得滿滿的，像我這第三代的小輩們永遠只能坐在客廳沙發上端著飯碗。只等外公要喝酒時，會喚我們一起來敬酒，我們小輩說些祝福的話，過年生日的特別節日會許願，大家便一起舉杯、歡笑。原來這些願望，當時是那樣不經意，如今想起，竟可笑又可貴。

日前來到外公墳前，長輩們的怨懟依然排山倒海而來，死神殘忍的禮物還真是物超所值，歷經數十年，不但增值，還充滿了祝福。「願仇恨與你們同在！」死神讓外公來不及一一交待畢生辛苦留下的心血，還多了一份禮，加諸下一代。那小時候過年的歡愉，那一盆盆喜慶的福壽菊，那與外公對酌的幸福，仿佛都不曾發生過，任我怎麼在外公墳前提及，這些畫面都遠遠不及死神無限的祝福。

難道一切都沒發生過嗎？

冷冽的山風迎面相我吹來，你知道仇恨是什麼？怨懟是什麼？日子讓一切腐朽，卻無法朽去仇恨的力量。

那年，我終於許了一個真真切切的願，也許死神真的聽見了，祂來了，祂走了，給了我希望，也毫不留情地帶走一切。祂或許清楚這次許願的人不是生日蛋糕甜甜的願，也不是青山宮繞境的有拜有保佑，所以，祂給了我回應，讓我在二十多年後的某日，當著長輩親手解開禮物的死結，在外公的墳前，祈求消弭一切怨懟。然而，有些人記憶著一個人的方式不一定是想念。隨著仇恨並不會隨著軀殼的入土而輕易消逝，當年不捨外公離去的心願，此刻，正以另一種形式繼續實踐著。

國家圖書館出版品預行編目 (CIP) 資料

青春彼條街 / 顧蕙倩著 . -- 第一版 . -- 新北市：
商鼎數位出版有限公司 , 2022.01

面；　公分

ISBN 978-986-144-206-8(平裝)

863.55　　110022525

青春彼條街

作　　者　顧蕙倩

發 行 人　王秋鴻
出 版 者　商鼎數位出版有限公司
地址／235 新北市中和區中山路三段136巷10弄17號
電話／(02)2228-9070　傳真／(02)2228-9076
郵撥／第50140536號　商鼎數位出版有限公司
商鼎文化廣場：http://www.scbooks.com.tw/scbook/Default.aspx
千華網路書店：http://www.chienhua.com.tw/bookstore
網路客服信箱：chienhua@chienhua.com.tw

編輯經理　甯開遠
執行編輯　陳資穎
攝　　影　顧蕙倩
編排設計　商鼎數位出版有限公司

2022 年 1 月 15 日出版　第一版／第一刷